JN126411

秘剣の名医

【十六】

蘭方検死医 沢村伊織

◆

永井義男

N
W E
S

コスミック・時代文庫

この作品はコスミック文庫のために書下ろされました。

◇ 易者
『恋奴女行列』（玄光亭金墨著、文政元年）、国会図書館蔵

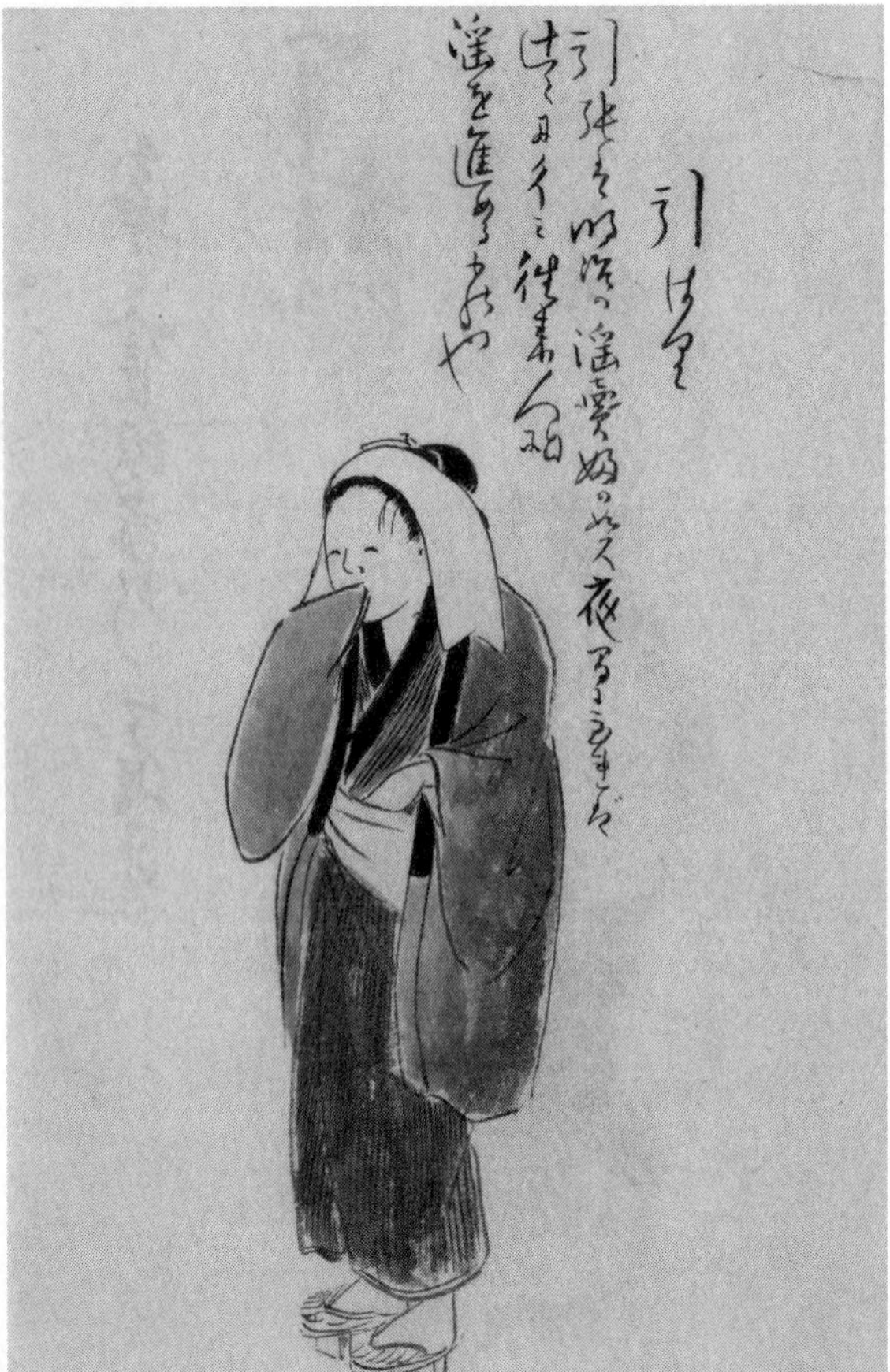

◇ ひっぱり
『世渡風俗図会』（清水晴風編、明治期）、国会図書館蔵

◇ 提灯屋

『嗟鳴御開帳』（若松万歳門著、天明四年）、国会図書館蔵

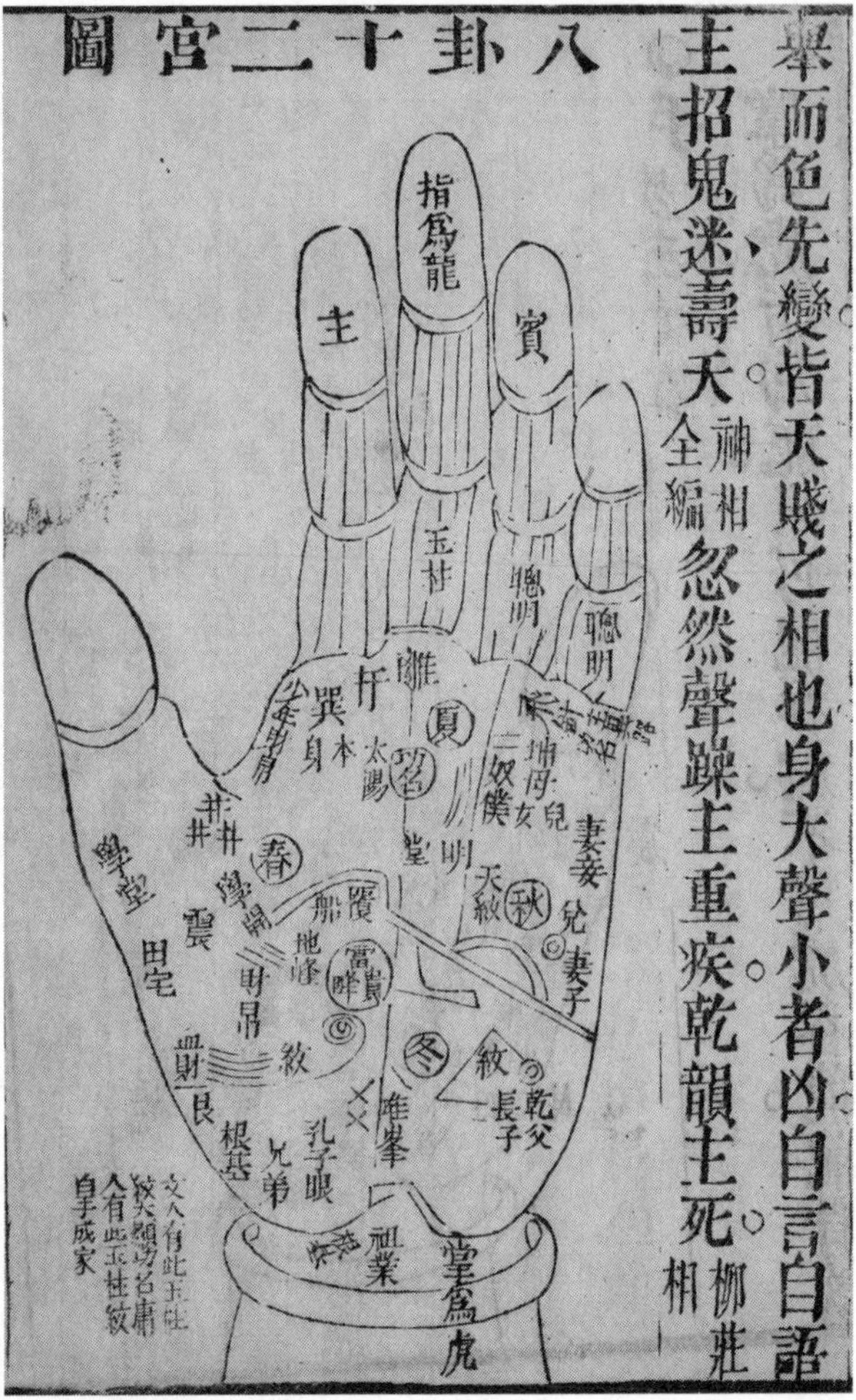

◇ 手相

『神相彙編』（高鼎玉著、清・道光二十三年）、国会図書館蔵

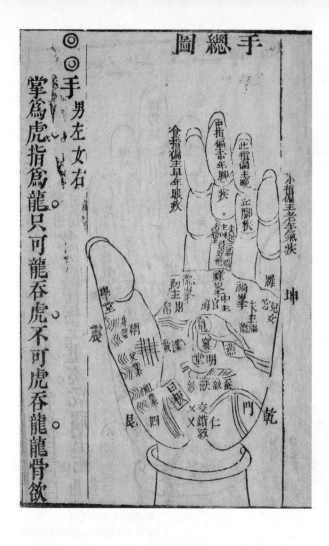

手總圖

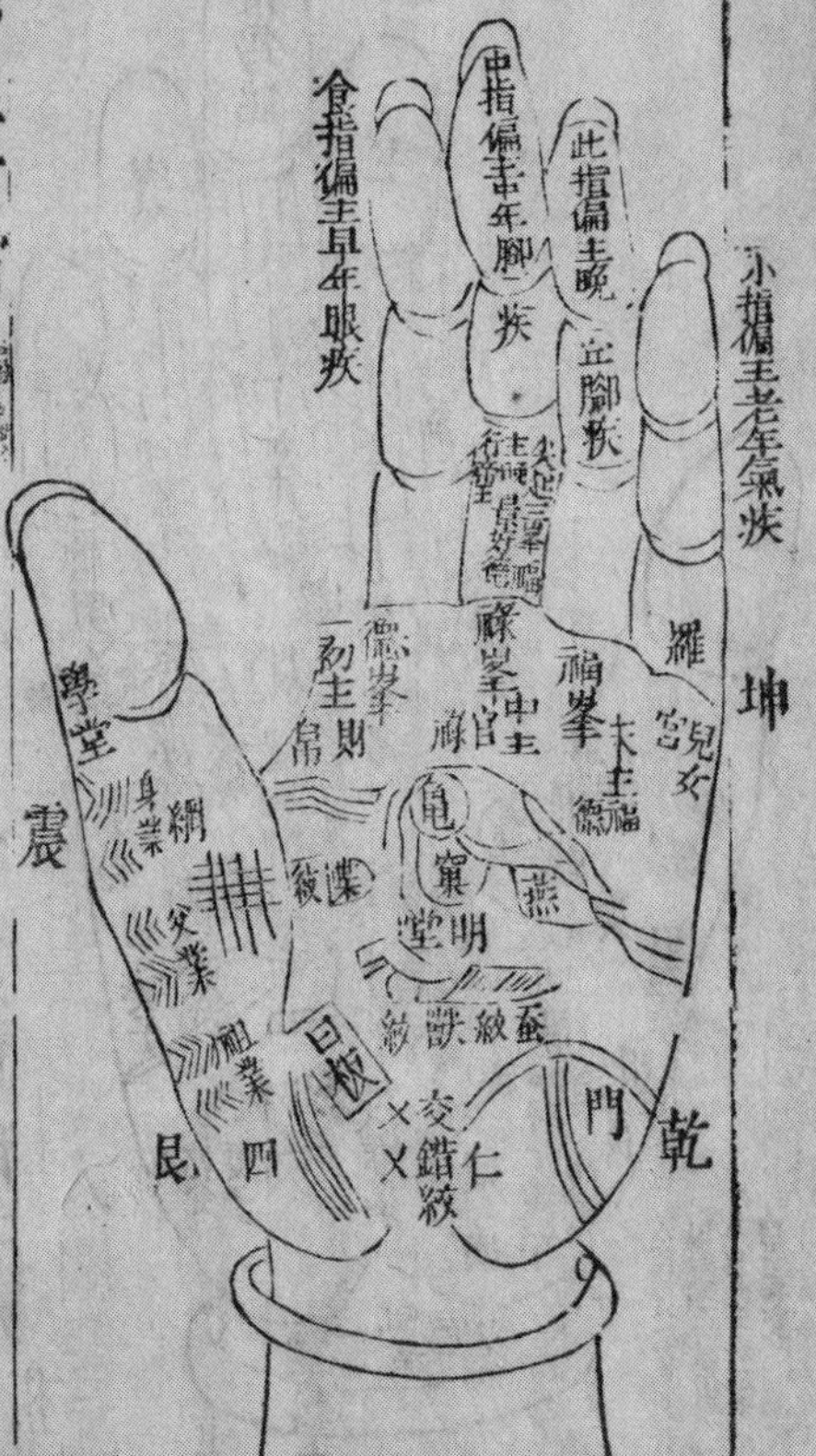

◎◎手　男左女右。

掌爲虎指爲龍。只可龍吞虎。不可虎吞龍。龍骨欲

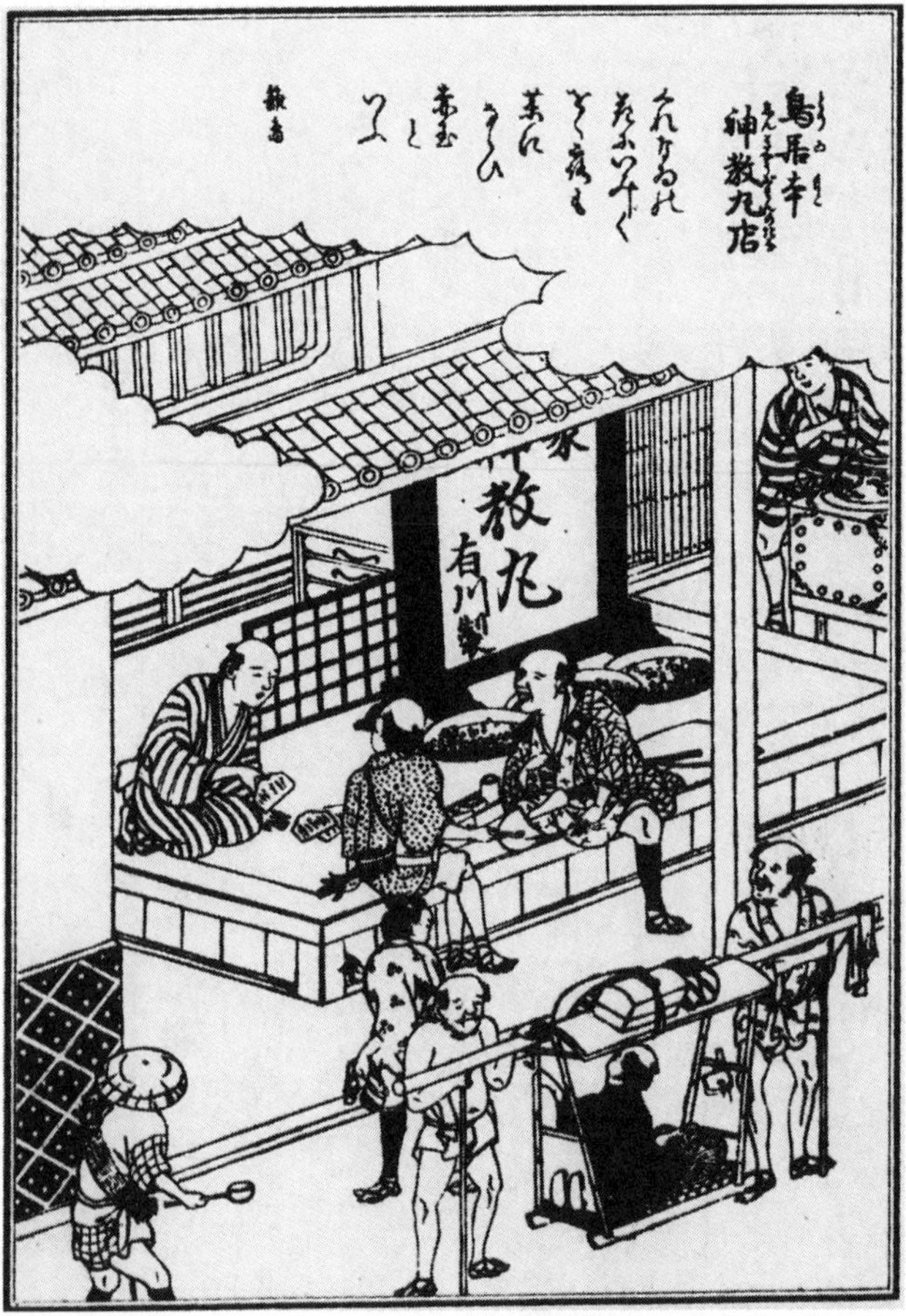

◇ 薬屋
『木曽路名所図会』、国会図書館蔵

◇ 肥汲み
『世渡風俗図会』（清水晴風編、明治期）、国会図書館蔵

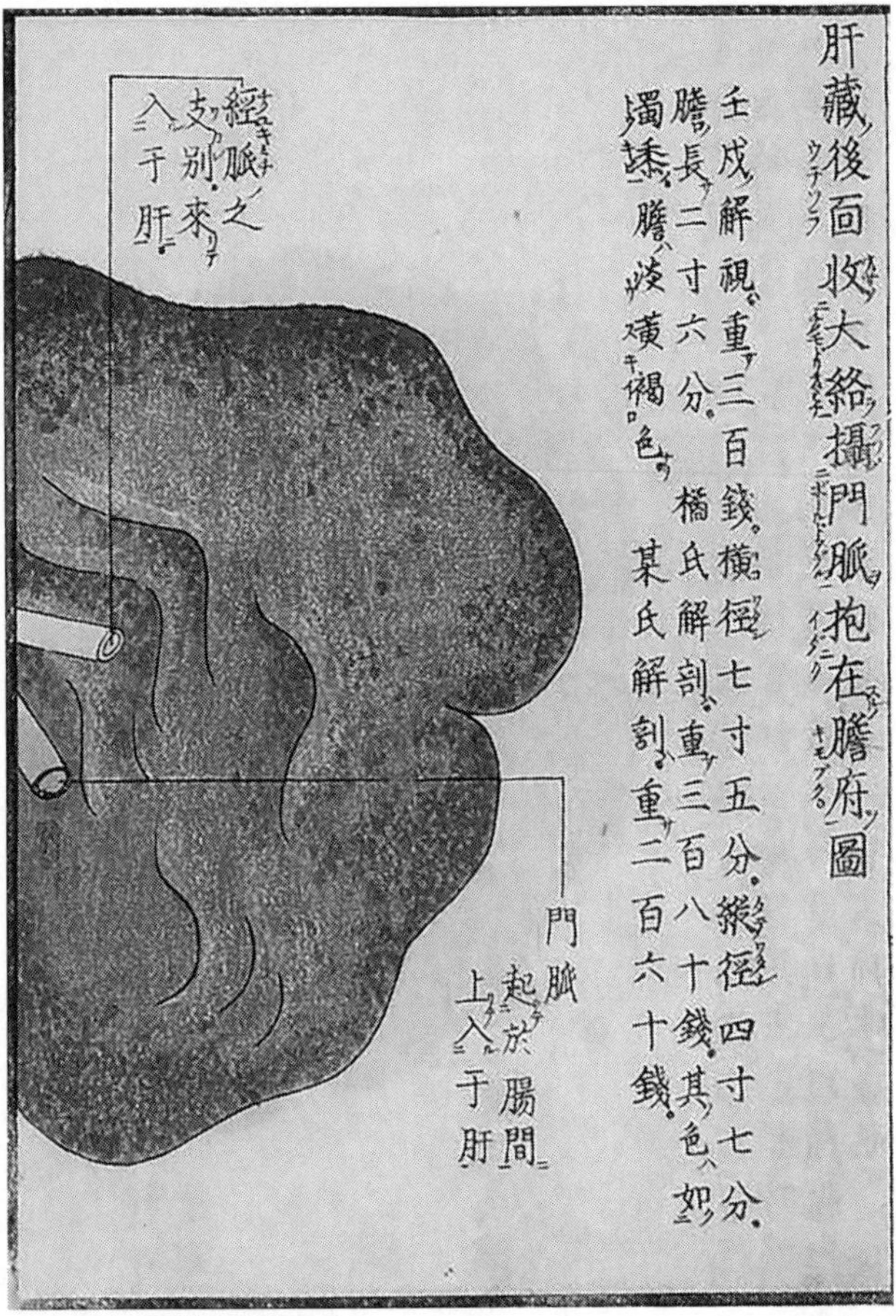

◇ 肝臓と胆嚢

『解体発蒙』（三谷公器著、文化十年）、滋賀医科大学図書館蔵

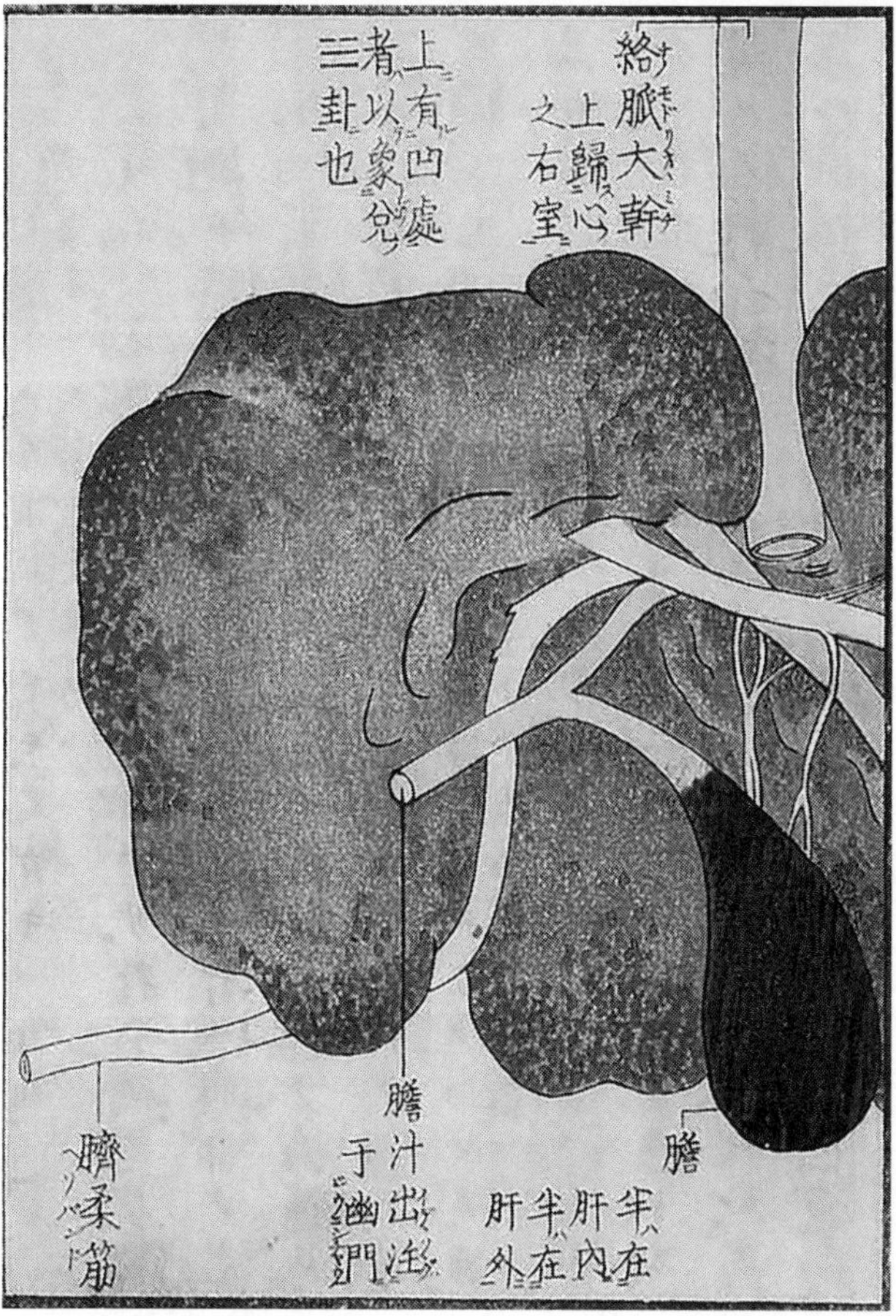

絡脈大幹上歸心之右室
上有凹處者以象兌三卦也
膽
半在肝內半在肝外
膽汁出注于幽門
臍柔筋

◇ 火事
『秋のひでり』（元治元年）、国会図書館蔵

◇ 熊胆
内藤記念くすり博物館蔵

目次

序

忍川《しのぶかわ》は不忍池《しのばずのいけ》から発し、三味線堀《しゃみせんぼり》に流れこむ川である。川幅はもっとも広いところで三間《さんけん》（約五・五メートル）ほどだった。

三枚橋は忍川に架かる橋だが、周囲は武家地のため、日が暮れるとたちまち静寂に包まれる。とはいえ、人通りが絶えることはない。提灯《ちょうちん》をさげた人々が三枚橋を渡って、途切れることなく行き交っていた。

すぐ近くに、上野二丁目の町家があることもあろう。あたりが静かなだけに、行き交う人の足音が響き、町家のにぎわいの音が潮騒《しおさい》のようにただよってくる。

橋のたもとに、三十代初めくらいの女が、提灯もさげずに、たたずんでいた。

前垂れをして、足元は素足に下駄《げた》履きである。丸髷《まるまげ》に結った髪には、頬被《ほおかぶ》りをするでもなく、姉さん被りにするでもなく、手拭いをふうわりとのせていた。

三枚橋を渡って、三十代なかばの男が歩いてきた。羽織を着て、足元は白足袋に下駄である。供はいないが、夜目にも中級以上の商人とわかる。

男は女に目をとめたのか、あきらかに歩みがゆっくりになった。

女は男が自分に関心があると察し、すっと進み出た。そして、着物の袖《そで》を取って引っ張り、

「もし、旦那、お供しましょうか」

と、ささやいた。

男は足を止めた。

いったん、手にさげた提灯を持ちあげかけたが、途中でやめた。

さすがに、提灯の灯で相手の顔を照らすのは遠慮したようだ。その代わり、細い月と星の明かりで女の顔をのぞきこむ。

「どこに行く」

「よろしければ、あたしの家へ。すぐそこですから」

女が、上野二丁目の人家の灯りを示した。

男がささやく。

「家に人は」

「亭主は留守です。九ツ（午前零時頃）過ぎでないと、戻ってきません」

「ほう、亭主持ちか。いくらだ」

「二朱、いただきたいのですが」

「ふうむ、よかろう」

ふたりは連れだって歩きだす。

暗がりの中から声がかかった。

「口開《くちあ》けは、お種《たね》さんだね」

見ると、数人の女が立っている。みな同様の目的のようだ。

歩きながら男が言った。

「お種さんか」

「へい、さようです」

お種と呼ばれた女は言葉少なだった。

「なぜ、こんなことをしている」

「こうでもしないと、生活できませんから。亭主は博奕《ばくち》狂いでしてね。今夜も、おそらく、すっからかんになるでしょうね」

「しかし、亭主とは昨日の晩も、しただろうよ」

「いえ、もう、半年以上、していません」

「ほう、金を稼ぐため、そして亭主の穴を埋めるためか。一石二鳥だな」

男が薄く笑った。

お種が木戸門を示した。

「ここです」

木戸門をくぐると、路地が奥にのび、両側に平屋の長屋が続いている。

まだ、あちこちに灯がともり、赤ん坊の泣き声や、母親が子どもを叱りつける声も聞こえてきた。

路地の中央には下水を流す溝《みぞ》が掘られており、木の板で蓋《ふた》がしてある。ふたりが進むにつれ、木の蓋が軋《きし》んだ。

「さあ、着きましたよ」

ささやきながら、お種が入口の腰高障子を開けた。

中は真っ暗である。

「提灯の火を貸してくださいな」

お種は手さぐりで行灯《あんどん》を探しあてると、提灯の蠟燭《ろうそく》で油に火を点じた。そのあと、蠟燭を吹き消す。

行灯の灯が照らしだしたのは、六畳ほどの部屋だった。入口の土間の右に、二畳ほどの板敷きの台所があったが、そこに天秤棒と竹籠が置かれている。亭主は行商人だろうか。

「あがってくださいな」

そう言ったあと、お種は腰高障子《こしだかしょうじ》を閉じ、心張棒《しんばりぼう》をあてて戸締まりをした。部屋の隅に枕屏風《まくらびょうぶ》が置かれ、その向こうに煎餅《せんべい》布団がたたまれている。

「まず、いただけますか」

「うむ、そうだな」

男はふところから財布を取りだし、南鐐二朱銀《なんりょうにしゅぎん》ひと粒をつまみだす。南鐐を受け取り、お種が薄く笑った。まず安心なのだろうか。

「布団を敷きましょうね」

「子どもはいないのか」

「ふたり、いますけどね。ふたりとも、住み込みの奉公をしています」

そう言いながら、お種が部屋の中央に手早く布団を敷き、枕をふたつ並べる。

そのあと、帯を解き着物を脱いで、長襦袢《ながじゅばん》だけの姿になった。

男の帯に手をかける。

「帯を解いてあげましょう」

ふたりの身体が接した瞬間、男が両手をのばして首を絞めつけた。

「ぐえぇ」

低くうめきながら、お種が白目をむいた。

眼球をむきだし、お種は必死で男の両手をはねのけようとする。だが、力の差は如何《いかん》ともしがたかった。男は親指で、喉仏を押しつぶさんばかりの圧力で絞めつける。

やがて、お種の身体から力が抜けた。

そのままくずおれそうになる身体を、男は手を背中にまわして、ゆっくりと布団の上に仰向けに寝かせた。

男は部屋の隅に置かれていた行灯を、布団のそばに引き寄せた。

長襦袢がめくれ、お種の太腿《ふともも》があらわになっている。行灯の灯で、太腿の白さが妖艶だった。

男はかがむと、長襦袢を大きくまくりあげた。さらに、浅黄木綿《あさぎもめん》の湯文字をはぎ取った。下腹部の陰毛があらわになる。

男は手をのばして陰毛をさらりと撫でたあと、ふところから匕首《あいくち》を取りだした。

右隣からは、男と女がなにか言い争っている声が聞こえる。亭主が酒に酔い、くだを巻いているらしい。ときどき女が「もう、いいかげんにしなよ」と叱りつけていた。

左隣では、女が嬌声をあげていた。夫婦が房事《ぼうじ》に励《はげ》んでいるようだ。

男が匕首の切っ先を、お種の下腹部に突き立てた。すでに心臓の鼓動は停止しているため、出血はほとんどない。

第一章　ひっぱり

一

縞《しま》の着物を尻っ端折りし、紺色の股引をはいた、いかつい顔の男が入口の敷居をまたぎ、ずかずかと土間に踏みこんできた。

「ご新造《しんぞ》さん、先生はお出かけですかい」

「あら、親分、おひさしぶりですね」

お繁《しげ》は愛想よく微笑んだ。

土間に立っているのは、岡っ引の辰治《たつじ》である。

「亭主は近所に往診に出かけていますが、もうそろそろ戻ると思いますよ。なんなら、お待ちになってはどうですか」

「そうですかい。では、待たせてもらいやしょうかね」

辰治は上《あ》がり框《かまち》に腰をおろした。

お繁が奥の台所に声をかける。

「お熊《くま》、親分にお茶と煙草盆を出しておくれ」

「へ～い」

下女のお熊が間延びのした返事をして、茶と煙草盆を持参した。

そばに座ったお繁が話し相手になる。

土間からあがった部屋が待合室であり、診察室でもあった。

お繁は日頃から、順番待ちをしている患者の話の聞き役になることが多い。そのため、どんな相手に対しても如才《じょさい》なかった。

「もしかしたら、検屍とやらですか」

「へへ、そうなんですよ。女が無残に殺されたのですがね、どうも謎がありやしてね。鈴木《すずき》の旦那が、

『これは、先生に見てもらったほうがよかろう』

と言いやしてね。

それで、わっしがお迎えにあがったわけです」

鈴木の旦那とは、辰治が手札をもらっている、南町奉行所の定町廻《じょうまちまわ》り同心の鈴

木順之助《じゅんのすけ》のことである。

　現場に鈴木が検使に出向いているようだ。

「おや、謎があるのですか」

「へへ、そうなんですよ」

　辰治が嬉しそうに笑った。

　しゃべりたくて、うずうずしていたようだ。相手に問われ、これ幸いと勢いづいて話しはじめる。

「女は下腹部を切り裂かれていましてね。いや、下腹部というのは、わっしもぼかしたのですがね。お医者のご新造さんですから、はっきり言ってもかまいませんかね」

　辰治がいかにも殊勝《しゅしょう》に言う。

　お繁は、辰治の露悪《ろあく》趣味を知っていた。露悪どころか、人が眉をひそめるのをおもしろがっていると言おうか。顰蹙《ひんしゅく》を買うことに喜びを感じるという、やや厄介な性格なのだ。

「はい、はっきり言ってもらってもかまいませんよ」

「そうですか。じつは、女の下腹を切り裂き、中に手を突っこんで掻きまわしているのですよ。いや、もう、ひどいものですぜ。ぐちゃぐちゃと、感触を楽しんでいるのでしょうかね。

死体を見てから、ここに来る途中、たまたま棒手振《ぼてふり》の魚屋が一軒の家の前に荷をおろして、魚をさばいていたのですがね。包丁で腹を裂くと、指を突っこんで腸《わた》を抜いているじゃありやせんか。

その魚屋が、血のついた腸をそばにポイと放るや、犬がさっと寄ってきて、ぱくりと食ったのですよ。わっしはそれを見ると、思わず吐き気がこみあげてきましてね」

「あら、そうでしたか」

お繁はとくに眉をひそめはしなかったが、さすがに素っ気ない声だった。

そこに、沢村伊織《さわむらいおり》が戻ってきた。

「おや、親分、お待たせしました」

まだ前髪のある、丁稚《でっち》らしき少年が薬箱をさげて供をしている。

商家から往診を頼みにきた丁稚は、伊織を案内する際、薬箱をさげて従った。

そして、診察を終えた伊織が帰宅する際には、薬箱をさげて供をしてきたのだ。

「ご苦労だった」

「へい、では、ここに置きます」

丁稚が薬箱を上がり框に置き、踵《きびす》を返そうとする。

お繁が呼び止めた。

「小僧さん、ちょいと、待っておくれ。ご苦労でしたね」

財布からいくばくかの銭を取りだし、すばやく懐紙に包むと、丁稚の着物の袂《たもと》に入れてやった。

商家の娘として育ったお繁は、使いにきた丁稚に駄賃を渡す習慣が身についている。ごく自然な振る舞いだった。

「ご新造さま、ありがとうございます」

丁稚は嬉しそうに言うと、一礼して帰っていく。

「先生、帰ってきたばかりのところを申しわけないのですが、ちょいと、ご足労願えませんか」

「ほう、何事ですか」

「ちょいと、ややこしい死体がありやしてね。鈴木の旦那が先生に見てもらい、意見を聞きたいようですぜ」

「場所はどこですか」

「上野二丁目の裏長屋です」

「では、ごく近いですな。いったん家の中にあがると、出かけるのが億劫《おっくう》になりますから、このまま行きましょう」

伊織が土間に立ったまま言った。

辰治が上がり框から立ちあがる。

「では、ご案内しますぜ」

「薬箱はどうしましょうか」

「たとえ先生が治療しても、生き返る見込みはないと思いやすぜ。薬箱はいらないでしょう」

「そうですか」

伊織は辰治の冗談は無視して、薬箱から虫眼鏡と、鑷子《せっし》と呼ばれるピンセットを取りだし、手拭に包んでふところにおさめた。これまで同心の鈴木に要請されて検屍は何度もおこなっており、いわば慣れていた。

「では、ちと出かけてくる。患者が来たら、それなりに対応してくれ」

伊織が妻に言う。

お繁はすでに心得ているため、

「はい、往診に出かけていると言っておきます。二階にあげておきますよ」

と、薬箱を手に取った。

＊

「殺された女は、『ひっぱり』をしていたようでしてね」

辰治が歩きながら言った。

伊織が怪訝《けげん》そうに問い返す。

「ひっぱりとは、なんですか。聞き慣れぬ言葉ですが」

「日が暮れてから橋のたもとなどに、前垂れをつけ素足に下駄履きの、いかにも長屋のかみさんといういでたちの女が立ちましてね。めぼしい男が通りかかると袖を取って引っ張り、

『もし、どこへでもまいりましょう』

などと言って、自分の家に連れていくわけです。そして、ちんちん鴨《かも》をするわけですがね。

夜道で男を誘うのは夜鷹《よたか》と同じですが、違うのは、夜鷹が道端に敷いた茣蓙《ござ》の上でちんちん鴨をするのに対し、ひっぱりは自分の家に連れていくこと。そして、いかにも亭主のある女が生活苦から、やむにやまれず身体を売るという雰囲気を見せることです。

男としては、ちょっとした間男《まおとこ》気分を味わえるわけですな。女は金二朱をねだるのですがね。

こういう女を、ひっぱりと呼んでいます。男の袖を引っ張るのが由来でしょうな」

「ほう、そうですか。あいにくと私は、まだ袖を引っ張られたことはありませんが」

「それは残念でしたな。じつは、今回で三人目なのですよ」

「三人が殺されたのですか。みな、ひっぱりをしていた女ですか」

「最初は、わからなかったのですがね。まあ、順に話しやしょう。

一か月ほど前、下谷山崎町の裏長屋に住む女が殺されましてね。無残に腹を裂かれていました。しかも、腹の中を掻きまわした形跡までありましてね。

鈴木の旦那が検使を求められ、わっしも同行して検分したのですが、家の中だったものですから、わっしはてっきり亭主の仕業《しわざ》と睨《にら》みましてね。鈴木の旦那の見方も同じでした。

そこで、亭主を召し捕ったのですが、野郎が白状しないのですよ。強情と言うか、頑固と言うか。そこでつい、わっしも手荒い取り調べをしたのですがね」

「拷問をしたのですか」

口調はおだやかだが、伊織は眉をひそめている。

「いや、そこまではしませんよ。張り飛ばしたり、蹴っ飛ばしたりはしましたがね。

まあ、わっしは慣れているので、殴るにしても蹴るにしても、相手に怪我をさせないようにしていますぜ」

辰治が妙な自慢をする。

岡っ引の尋問が荒っぽいことを、みずから認めていた。

「亭主はその夜、賭場で明け方まで博奕をしていたのです。博奕は天下のご法度《はっと》ですからね。お奉行所のお役人を前にして、博奕をしていたとは言えなかったのでしょう。

だが、わっしがちょいと痛い目に遭わせると、賭場にいたことを白状しましてね。賭場で明け方まで一緒だった男も、わっしが確かめると、亭主がその場にいたことを認めました」

「夜明けまで賭場にいた亭主に、女房を殺せるはずはないということですね」

「そういうことでさ。調べは振りだしに戻りましてね。わっしはがっくりしましたよ。

するとと、鈴木の旦那が、

『もしかしたら、殺された女の行状が肝心なところかもしれない。探ってみろ』

と言いだし、わっしが長屋の連中に聞き込みをしたのです。

初めはみな口が重かったのですが、わっしが脅したりすかしたりして口を割らせましてね。そして、殺された女が、ひっぱりをしていたことがわかったわけです」

「亭主は、女房がひっぱりをしているのを知っていたのですか」

「そこですよ。亭主は知っていました。というより、亭主が女房にひっぱりをやらせていたのでしょうな」

「そうだったのですか」

伊織は暗澹《あんたん》たる気分になった。

亭主は一種のヒモだったことになろう。女房はひっぱりで亭主を養い、そのひっぱりで殺されたのだ。

辰治がすかさず言った。

「わっしは、『そもそも、てめえが甲斐性なしだから、こんなことになったのだ』と言って、頰桁《ほおげた》を張り飛ばしてやりましたがね。それはともかく。

ふたり目が、下谷同朋町の裏長屋で殺されたのです。やはり下腹部を切り裂かれていましてね。

今度は、鈴木の旦那もわっしも、ひとまず亭主は置いておいて、まず女の行状を調べましてね。わかりました。やはり、女はひっぱりをしていたのです。

そして、三人目が、これから行く、上野二丁目の裏長屋です」

「ひっぱりが共通しているわけですか」

「へい、お種という、亭主持ちの女ですがね。同じく下腹部を切り裂かれていやした。そしてもうひとつ、三人に共通することがありやして」

「ほう、それはなんですか」

「先生、それは現場を見てからのお楽しみとしやしょう。

そこですぜ」

辰治が、長屋の入り口の木戸門を指さした。

木戸門の入り口付近に野次馬が集まり、路地をのぞきこんでいる。すでに、長屋に住む女が惨殺されたという噂は、近所に広まっているのであろう。

野次馬根性に駆りたてられて見物にやってきたものの、町奉行所の役人が検使に来ていると知らされ、さすがに木戸門から中に入るのは、ためらっているようだ。

二

木戸門を入ると、細い路地が奥に進み、両側に平屋の長屋が続いている。

左側の長屋の、木戸門にいちばん近いところが大家の住まいだった。

岡っ引の辰治が路地から声をかける。

「鈴木の旦那、先生が到着ですぜ」

「おう」

大家の家から、定町廻り同心の鈴木順之助が路地に出てきた。

「ご苦労ですな」

と、沢村伊織に挨拶したあと、辰治に状況を説明する。

「まさか死体が転がっている場所で尋問もできないから、大家の家を借りて、めぼしい連中を呼んで事情を訊いていた。みな、お種がひっぱりをしているのを知っていたようだな。まあ、亭主も知っていたくらいだからな」

「亭主はいま、どこにいるのですか」

伊織が言った。

鈴木が笑いをこらえて言う。

「大家の家の隅で、しょんぼりしていますよ。女房が男を引っ張りこんでいるあいだは、外で酒を呑んで待つことになっていたそうですがね」

「では、ご案内しますぜ。お種が待ちかねているでしょうから」

辰治が嬉しそうに言った。

お種の死体を伊織に見せるのが楽しみなようだ。

鈴木や辰治に続いて路地を歩きながら、伊織は妙に長屋が静かなのに気づいた。

昼間であれば、長屋はどこも子どもの声や赤ん坊の泣き声、それに女房同士の話し声などが絶え間なく響いているのが普通である。ところが、とっぷり夜が更《ふ》けた路地を歩いているかのようだ。

長屋の一室に凄惨な死体があり、また役人が検使に来ているのを知って、みな息をひそめているのかもしれない。

路地に、鈴木の供をしている中間の金蔵《きんぞう》が立っていた。死体をのぞきこもうとする者を追い払うため、立ち番をしていたようだ。

「おう、金さん、なにか物音がしたり、うめき声がしたりはしなかったかい」

辰治が大真面目な顔で尋ねる。

金蔵は顔を強張《こわば》らせた。

「いえ、なにも気づきませんでしたが」

「ほう、そうかい。死体が息を吹き返したりしなかったかと思ってな」

辰治が笑いながら、入口の腰高障子を開ける。

土間に踏みこんだ途端、伊織はまぎれもない死の臭いを感じた。

部屋の広さは六畳くらいだろうか。布団が敷かれ、その上に、長襦袢を大きくはだけた女が仰向けに倒れていた。

土間から部屋にあがった伊織が、死体をざっとながめながら言った。

「入口の障子は、開けたままにしておいてもらえますか」

裏長屋では入口の腰高障子は明かり採りのため、冬でも昼間は開け放つのが普通である。閉じれば、昼間でも室内は薄暗くなる。

鈴木が金蔵に命じた。

「開けっ放しにしておけ。中をのぞきこもうとする人間がいたら、怒鳴りつけて追い払え」

「へい、かしこまりやした」

金蔵が入口の前に仁王立ちになった。

入口の腰高障子が開放されたのに気づいたのか、急に路地の人通りが増えた。みな、中をのぞきこもうとしているようだ。

だが、金蔵が身体を張って視界をふさいでいる。

誰も、お種の死体を間近に目撃することはできまい。


伊織はまずお種の腕を取り、動かそうとした。だが、関節は硬直していて、まったく動かない。死後硬直である。

「死体が発見されたのはいつですか」

伊織が尋ねた。

鈴木が答える。

「昨夜、四ツ（午後十時頃）過ぎ、亭主が発見したそうです。亭主は、『もう客は帰ったろう』と考え、戻ってきたのでしょうがね。ところが、家の中は真っ暗で、声をかけても返事がない。

そこで、手さぐりで火打箱を探りあて、ようよう行灯に火をともしたところ、女房の無残な姿があったというわけです。亭主は思わず、

『ひえーっ』

と、悲鳴をあげ、小便を漏らしたそうですがね。

それから、長屋は大騒動ですな。人が自身番《じしんばん》に走り、自身番からも人が来る。

今朝、拙者が巡回で上野二丁目の自身番に出向いたところ、

『町内に変死人がございます。ご検使をお願いします』

ということで、長屋にやってきたわけです。

辰治はすでに来ておりましたがね」

「へへ、わっしは臭いを嗅ぎつけ、鈴木の旦那より早く駆けつけてきましてね」

実際は自身番からの連絡で駆けつけたのだが、辰治がおどけて言った。

ともかくこれで、死体発見と、鈴木や辰治が長屋に来た経過がわかる。

殺されたのは、発見された四ツより少し前だとすると、すでにほぼ半日が経過

していた。

伊織は、いまが死体の死後硬直が最高度に達しているときと判断した。これからは逆に、弛緩《しかん》が進んでいくはずである。

「関節の固まり具合からして、殺されたのは亭主が死体を発見した、少し前と見てよいでしょうね。では、傷を見ていきましょう」

ふところから虫眼鏡を取りだし、伊織は死体を丹念《たんねん》に検分していく。

首筋に鬱血《うっけつ》があった。指の形が残っている。

伊織が平板な声で言った。

「手で首を絞めた、絞殺ですな」

鈴木がうなずいている。

やはり、首筋の鬱血を見て絞殺と判断していたようだ。

続いて、伊織は下腹部の裂傷を検分していく。鋭利な刃物で、臍《へそ》の下あたりから陰部まで切り裂かれていた。腸の一部がはみ出ている。

「先生、これはわっしの勘ですが、殺しは生き肝《ぎも》を抜くのが目的ではないでしょうか。これで三人目ですぜ。生き肝は不治の病に効くとか言いますからね」

辰治が言った。

伊織は驚いた。

思ってもみなかった指摘である。たしかに、そういう妄執《もうしゅう》にとらわれた人間がいてもおかしくはない。

「なるほど、調べてみましょう」

伊織はかつて、蘭学者で医者でもある大槻玄沢《おおつきげんたく》が主宰する芝蘭堂《しらんどう》で蘭学を学んだ。その後、長崎に遊学し、医師のシーボルトが主宰する鳴滝塾《なるたきじゅく》で最新の西洋医術を学んだ。

芝蘭堂や鳴滝塾で人体解剖図を見ているため、内臓の配置は正確に頭に入っている。

内部を検分したあと、伊織が言った。

「肝臓、いわゆる肝はちゃんと残っています」

「え、肝は抜かれていないのですか」

「おい、てめえ。講釈場で、不治の病の父を助けるため、人殺しまでして生き肝を抜こうとする孝行息子の講談でも聞いたのだろうよ」

鈴木がからかう。

辰治は照れ笑いをした。

「へへ、耳が痛いですな。しかし、旦那、講談をまともに信じ、実行する野郎がいないとは言えませんぜ」

「ふうむ、たしかにそうだな」

「おや、手の形がありますね」

伊織が気づいて言った。

畳の上に、血染めの手形があったのだ。形からして、右の手のひらである。

辰治が勢いこむ。

「それが、わっしがさきほど言った、『三人に共通すること』でしてね。順に説明しやしょう。

下谷山崎町で殺されたひとり目の女は、腹が裂かれたうえ、内臓がぐちゃぐちゃに掻きまわされていたのですが、そばの畳に、べたっと血の手形が残されていたのです。右手でしたな。それで、わっしと鈴木の旦那は、

『右手を腹の中に突っこんだあと、なにかの拍子に、よろけて、つい畳に手を突いてしまったのであろう』

と見たのですがね」

「なるほど、私も異論はありませんぞ」

「下谷同朋町で殺されたふたり目の女です。この女も腹を裂かれていたのですが、それほど内臓はぐちゃぐちゃにはなっていませんでした。しかし、やはりそばの畳に、べったりと血の手形が残されていましてね。それを見て、鈴木の旦那が、『おい、辰治、これは、うっかりの手形ではないぞ』

と言いだしましてね。それで、ややこしくなってきたわけです」

辰治が冗談混じりに言った。

鈴木が苦笑しながら補足する。

「拙者は、たんなる、うっかりではないと見たのです。むしろ、見せつけるかのように、故意に手の血形を残したのではないのかと思いましてな。下手人は、『殺したのは俺だぜ。召し捕れるものなら、召し捕ってみな』

と、挑発しているのではないでしょうか。

今回、三人目も同様ですな。意図的に手形を残していると考えられます。奉行所の役人への挑戦かもしれませんな。となると、絶対に捕まらないという自信があるのかもしれません」

「私も同感ですね……」

伊織はさきほどから、頭の一部がもやもやするのを感じていた。

そのもやもやが突然、焦点を結ぶ。

(そうだ、胆嚢《たんのう》だ)

疑問点が明瞭に浮かびあがった。

「水を入れた盥《たらい》を用意していただけますか」

伊織が要求した。


金蔵が大家の家から盥を借りてきた。その盥に、台所の水瓶《みずがめ》から柄杓《ひしやく》で水をそそぎ入れ、伊織のそばに置いた。

「へい、これでよろしいですか」

「うむ、かたじけない。

では、これから肝臓を取りだします」

そう言うや、伊織が両手を裂かれた腹の中に突っこんだ。

そばで、鈴木も辰治も、さすがにギョッとした顔をしている。

伊織は肝臓を両手で取りだし、裏返して検分したあと言った。

「やはり、思ったとおりでした。胆嚢がありません」

「ほう、胆嚢がないのですか」

鈴木も辰治も、ピンとこないようだった。

伊織は肝臓をもとに戻し、盥で手を洗った。盥の中の水が薄紅色に染まり、脂のようなものが浮いていた。

手拭で手を拭きながら、伊織が説明する。

「胆嚢は小さな茄子《なす》のような形をした器官で、肝臓の下面に付着しています。一回目と二回目も、おそらく胆嚢を狙ったと思われます。遺体はすでに埋葬されているでしょうから、いまになっては確かめることはできませんが。

一回目の女は、腹の中が掻きまわされていたということでしたね。最初だったので、胆嚢の位置がよくわからなくて、手間取ったのに違いありません。二回目からは手際がよくなったのです」

「なるほど、それで辻褄《つじつま》が合いますすな」

鈴木がうなずいた。

辰治が質問する。

「先生、胆嚢はどういう臓器なんですかい」

「はい、ご説明しましょう。

『肝』と『胆』はともに『きも』と読むことがあるため混同されますが、まったく別な臓器です。

人間の臓器を俗に五臓六腑《ごぞうろっぷ》と言いますね。本来は漢方の考え方ですが、いまでは一般に用いる言葉になっています。腹の中にあるすべての臓器をさすと言いましょうか。

『肝《かん》』は肝臓のことで、五臓のひとつです。

『胆《たん》』は胆嚢のことで、六腑のひとつです。

ですから、漢方でも肝臓と胆嚢はきちんと区別されているのですが、なまじ『生き肝を抜く』ということわざがあるため、肝臓を取りだして妙薬にするという誤解や迷信が生まれたのではないでしょうか。

腹痛や気付《きつけ》の薬、また強壮剤として珍重される『熊胆《くまのい》』は有名ですが、『胆』の字を使っていることでもわかるように、熊の胆嚢を干したものです。熊の肝臓ではありません」

「なるほど、拙者は熊胆は、たんに熊の『きも』を干したものと聞き覚えておりました。そこまで厳密に考えたことはありませんでしたぞ」

鈴木が感心したように言った。

辰治はふと思いだしたようだ。

「熊胆ですか。わっしは一度、見たことがありやすが、老いぼれ爺ぃのしなびた金玉袋のようでしたぜ。あれが薬になるんですからね。

ということはですよ、先生、『人胆《ひとのい》』……つまり、人の胆嚢は薬になるのですかい」

「さあ、それは私も知りません。しかし、熊の胆嚢が妙薬になるくらいだから、人の胆嚢はもっと効能があるに違いない、不治の病も治すはず、などと考える人間がいてもおかしくないと思いますぞ」

「なるほど。わっしが想像するに、『人胆』は腎虚《じんきょ》の男のへのこも、たちまち元気にする、提灯のように縮んだへのこもいきり立つ……などという評判がひそかに広まり、豪商やお大名などが金に糸目をつけないから手に入れてほしいと頼んだのではありますまいか。

いや、もしかしたら、頼んだのはお城の大奥のお方かもしれやせんぜ」

辰治は十一代将軍家斉《いえなり》を示唆していた。

家斉の好色と精力絶倫は有名で、庶民の間でも公然とささやかれているくらいである。

さすがに鈴木が顔色を変え、

「おい、滅多なことを口にするな。それこそ、首が飛ぶぞ」

と、叱りつけた。

だがそのあと、ニヤリとする。

「まあ、拙者も同じことを考えたのだがな」

「ところで、ひとり目とふたり目のときの、畳に残った手形はどうなりましたか」

伊織が話題を変えた。

辰治が答える。

「さすがに、血染めの手形が残ったままにするわけにはいかないので、畳の表替えをしたでしょう。もう、残ってはいないでしょうな。

どうかしたのですか」

「三つの手形を並べて調べると、なにかわかるかもしれないと思ったのですがね。せめて、ここの手形だけでも残せませんか」

伊織の言葉を聞いて鈴木が、なにか閃《ひらめ》いたようだ。

ポンと、膝を打った。

「そうだ、手相だ。先生、よいところに気づいてくれましたな。

おい、辰治、盛り場に、『当たるも八卦《はっけ》、当たらぬも八卦』の大道易者《だいどうえきしゃ》がいるで

はないか。連中は看板に、

八卦　人相　手相

などと書いている。易者に手相を見せれば、なにかわかるかもしれないぞ」

「なるほど、易者に手相を見せるわけですか。わかりやした。それは、わっしに任せてくだせえ」

辰治は立ちあがると、台所から包丁を取りだしてきた。

そして、手形のある部分の畳表を包丁で切り、さっさと剝がしはじめる。

伊織が心配した。

「勝手に剝がしてもかまわないのですか」

「なあに、どうせ表替えをしなければならないのですから、かまいやしませんよ」

辰治は平然としている。

切りだした畳表を、裏返して丸めた。

鈴木が顔の前を手で払いながら言った。

「蠅《はえ》が増えたな。早く葬《ほうむ》らないと、蛆《うじ》が湧くぞ。よし、検使はこれで終わりとしよう。

辰治、長屋の大家とお種の亭主に、死体は早桶《はやおけ》に入れて寺送りしていいと伝えてくれ。腹は裂けているが、早桶に詰めるぶんには支障はあるまいよ。

拙者は次の巡回に行く。

先生、ご苦労でしたな」

鈴木は供の金蔵を連れ、次の自身番に向かうようだ。颯爽《さっそう》と歩く鈴木のあとに、挟箱《はさみばこ》をかついだ金蔵が続いた。

辰治は大家の家に行った際、きっと大家やお種の亭主を困惑させ、腹立たしくさせるような言辞《げんじ》を吐くに違いない。辰治には被害者への気遣いなど、ほとんどないと言ってよかった。

伊織は湯島天神門前の家に帰る。

三

徳川家の菩提寺《ぼだいじ》である寛永寺は上野の山にある。その上野の山のふもとなので、一帯は山下と呼ばれるようになった。

本来、山下は寛永寺を火事の延焼から守るための火除地《ひよけち》だったが、いつしか江戸有数の盛り場となっていた。見世物《みせもの》小屋や楊弓場《ようきゅうば》が建ち並び、屋台店や茶屋も多く、つねに人々でにぎわっている。

岡っ引の辰治が雑踏のなかを歩いていると、道端から声が聞こえた。

「当卦《とうけ》本卦《ほんけ》の占い、失せ物、待ち人、願い望み、男女一代の吉凶」

見ると、深編笠をかぶり、胸の前で筮竹《ぜいちく》を手にした男が立っていた。

流しの易者である。

古びた紋付の羽織を着て、腰には脇差を差し、いかにもゆえあって主家を離れた浪人といった趣《おもむき》だった。演出なのか、それとも本当に貧窮した浪人なのか。

口上によると、あらゆることを占うようである。

（立ったままの易者は、あまりありがたみがないよな）

辰治は横目で見ただけで、流しの易者の前を通りすぎた。

あちこち、ながめながら歩いていると、白い木綿で幔幕《まんまく》のように囲った小さな区画があった。

幕の切れ目からのぞくと、三尺（約九十センチ）と六尺ほどの台の上に、机を前にして、異様な風貌の男が座っていた。

頭は剃髪しているのに、ゆたかな顎髭《あごひげ》を垂らし、被布《ひふ》を着ていた。頭がてらてらしているせいか、眉毛が太く、目が大きい。口元は固く引き結んでいた。

一見すると六十歳くらいのようだが、実際ははるかに若いかもしれない。

机の上には筮竹を入れた太い竹筒と算木《さんぎ》が置かれ、大きな天眼鏡《てんがんきょう》もそばにある。

また、いかにも漢文で書かれたらしい書籍が数冊、机の端に積まれていた。

男の背後に掲げられた看板には、

周易
善悪吉凶　　石川仙道
観相

と書かれている。

易者としての威厳は充分だった。

(石川仙道《いしかわせんどう》か。重々しい名だな。うむ、やはり易者はこうでなくっては、ありがた味がないぜ)

辰治はためらいもなく、

「ごめんよ」

と声をかけつつ、幕の中に入った。

易者は無言で軽くうなずいただけである。愛想よく「いらっしゃいませ」などと言っては、威厳がなくなるからであろう。

辰治がずけずけと言った。

「後ろに書いてある、周易《しゅうえき》とはなんだね」

「筮竹と算木を用いる易占《えきうらな》いですな」

「じゃあ、観相《かんそう》とはなんだね」

「人相と手相で運勢を占うことですな」

「ほう、では、わっしの手相を観てくんな。わっしの商売はわかるかね」

「よろしいですぞ。では、まず右手を出してくだされ」

仙道は天眼鏡を手に取り、辰治の右の手のひらを子細に観察しながら、「ほう、ふ～む」などと低くつぶやいている。辰治はその場で質問したくなるのを、ぐっと我慢した。

「では、左手を観ましょう」

辰治が左手を差しだすと、仙道はやはり天眼鏡で手のひらを子細に観察し、「なるほど、ふむ、ふむ」と低くつぶやく。

「わかりましたぞ」

手相を観終えて、仙道が重々しく言った。

辰治が勢い込む。

「わっしの商売がわかったのかね」

「はい、わかりましたぞ」

「もったいぶらずに、早く言ってくんな」

「では、遠慮なく申しましょう。おまえさんはいちおう店の主人ということになっていますが、商売はお内儀に任せっぱなしですね。お内儀がしっかり者なので、助かっていますな」

「そんなことより、肝心なのはわっしの商売だぜ」

「おまえさんの商売は、町方の親分ですな」

「えっ……」

辰治は絶句した。

脳天に一撃を喰らったかのような衝撃を覚える。

これまで、辰治は占いなど小馬鹿にしていた。ところが、手相を観ただけで岡っ引と言い当てられたのである。

辰治は、易者に対する認識をあらためなければならないと感じた。

「おめえさん、手相を観ただけで、わっしが岡っ引とわかったのかね」

動揺を抑えつつ、辰治が確かめた。

仙道の顔に笑みが広がる。

「見た目から、お店《たな》の衆《しゅう》ではないなと思いましたからね」

辰治は縞の着物を尻《しり》っ端《ぱし》折《よ》りし、紺色の股引をはいていた。足元は黒足袋に草履である。たしかに店者には見えないであろう。

「それは、わっしも、わからなくはないがね。では、おめえさん、最初はわっしを博奕打ちか、やくざ者のたぐいと思ったのかね」

「そこまでは申しませんが。

ともあれ、お店の衆でも職人衆でもないなと思いながら見ると、ふところが膨《ふく》らんでいます。襟からちらと十手《じって》が見えました。それで、親分と判断したわけです。

手相からわかったわけではありません」

「ふ～む。しかし、わっしが店の主人だが、商売は女房に任せているのがどうしてわかったのだね」

不思議というより、やや気味が悪かった。

というのも、辰治は下谷御切手町で汁粉屋《しるこや》を営《いとな》んでいたのだ。表向きは、辰治は汁粉屋の主人である。

だが、岡っ引として外出することが多いため、実際には女房が女将《おかみ》として店を切り盛りしていたのだ。

岡っ引は、町奉行所に正式に雇用されているわけではない。あくまで、同心が私的に雇った手下である。受け取る手当は微々たるものだった。

そのため、岡っ引はその職権を利用して私腹を肥やそうとしがちだった。そうした岡っ引は、人々から蛇蝎《だかつ》のごとく忌み嫌われていたのだ。

そんななか、辰治のように女房に商売をやらせている岡っ引は生活には困らないので、公正な捜査をすると言われていた。

「町方の親分は女房に商売をやらせている者が少なくない、と小耳にはさんだことがありましたのでね。それで、付け加えてみたのです。いわば、はったりですが、見事に当たったようですな」

仙道は微笑んでいる。

「しかし、おめえさん、ずいぶん熱心に、わっしの手相を観ていたじゃねえか」

「ああやって、もったいぶらないと、ありがた味がありませんからな」

「う〜ん、なるほど。おめえさん、正直だな。気に入ったぜ」

辰治は愉快そうに笑った。

この男は信用してよいと思った。

口調をあらため、辰治が言う。

「じつは、おめえさんに、見てもらいたいものがある。しかし、道を歩く人に見えるのはちょいとな……」

「わかりました。お待ちください」

仙道が隙間がないよう、白い幕を張りめぐらした。

これで、道行く人からの視線は遮《さえぎ》られる。

行き過ぎる人々は、幕の中で誰かが深刻な問題を占ってもらっているところと思うであろう。

周囲が幕で覆《おお》われたあと、辰治はふところから手拭の包みを取りだした。

この包みを押しこんでいたため、十手が浮きあがったのであろう。目ざとい仙道は見逃さなかったのだ。

あとで種明かしを聞くと、なぁんだとなるが、はったりを含めた目ざとさは易者ならではかもしれない。

辰治は取りだした包みを前に置いた。

「おめえさんに見てもらいたいものは、これだがね」

「お上《かみ》のお調べですか」

「うむ、そう思ってもらってかまわないぜ」

辰治は手拭をほどき、裏返しにして巻いた畳表を広げた。

手形の色はかなり黒ずんでいたが、はっきり血の跡とわかる。

「これを見て、なにかわかることはあるかね」

仙道は一瞬、ギョッとしたようである。殺人にかかわりがあると察したのであろう。だが、切り取られた畳表を無言で受け取った。

いったん、全体をじっとながめたあと、細部を天眼鏡で子細に見ていく。

観終えた仙道が、滔滔《とうとう》と語りだした。

「この手相の男は、いわゆる立身出世をする運勢の持ち主ですな。たとえ低い身分に生まれても、商家に奉公すれば番頭《ばんとう》に出世し、やがて暖簾《のれんわ》分けで自分の店を持ち、商売は大成功をおさめるでしょうな。お武家であれば、官位を得る身分に昇るでしょうし、学者であれば引き立てられ、貴人にそば近く召される身となるでしょう。

　女の場合も同様で、どんな低い身分に生まれても玉《たま》の輿《こし》に乗り、貴人の子どもを産むでしょう」

　説明を聞きながら、辰治の易者に対する信頼がまたもや揺らぎはじめた。

（おいおい、いいかげんなことを言うなよ。三人もの女を惨殺した男の手だぜ）

辰治はよっぽど皮肉たっぷりに、眉毛に唾《つば》を塗ろうかと思った。

　仙道の語調が変わる。

「これまで述べたのは、手のひらの筋から読み取ったことです。立身出世の運を示す、よい手相と言えましょうな。

　ところが、ここをご覧ください。薬指の先端に渦《うず》がありますね」

　仙道が商売に用いる細い竹棒で、薬指の指紋を示した。

　辰治は目を凝《こ》らして見る。

「うむ、言われてみれば、たしかに渦のような文様があるな」

「この渦があると、見方はまったく変わりましてね。いわば凶兆です。

この手相の持ち主は人あたりがよく、好人物に見えて、内心は詐欺謀計《さぎぼうけい》を好む、奸佞邪智《かんねいじゃち》の人物です。中年になって、大きな過ちをしでかし、大難《たいなん》に遭うでしょうな。慎まなければなりません」

「う〜ん」

辰治はうなった。

はたして、手相からそんなことまでわかるのだろうか。

仙道は血の跡から、人殺しなどにかかわる手形と察し、さも手相から読み取ったかのように弁じているのかもしれない。これこそ、まさに易者特有の論法ではあるまいか。

「おめえさん、これまで何人くらいの手相を観ているのだね」

「男女を観ますが、男だけでもざっと千人を超すでしょうな」

「これまで、こういう手相を観たかね」

「いえ、初めてですな」

「しかし、千人もの手相を観ていれば、覚えちゃいないだろうよ」

「いえ、商売ですからね。だいたい覚えております」

「では、この手形の男を仮に甲兵衛としよう。もしある日、甲兵衛が現れて、おめえさんに手相を見せれば、『あっ、甲兵衛だ』とわかるのかい」

「おそらく、わかるでしょうな」

仙道が自信たっぷりに言う。

辰治は半信半疑だった。

なおも、食いさがる。

「もしもだよ、わっしがある男を引っ張ってきて、おめえさんに手相を観てもらえば、甲兵衛かそうでないか、判定できるってことかい」

「はい、できます」

「う〜ん、そうか」

辰治は大きく前進した気がした。

仙道に鑑定してもらえば、決定的な証拠を得られるのだ。突破口が開けたといえよう。

辰治は気分が高揚して、すぐさまこの場から駆けだしたいような衝動がこみあげてきた。

同心の鈴木順之助に告げれば、「辰治、でかしたぞ」と狂喜するかもしれない。

だが、ハッと気づく。

(誰を引っ張ってくるんだ……)

いまのところ、仙道に手相を鑑定させる必要のある男がいるわけではなかった。まだ、疑わしい人物はひとりも浮かびあがっていないのだ。

落ち着きを取り戻し、辰治が言った。

「また、おめえさんに相談することがあるかもしれないがね。今日のところは、これまでとしよう。商売の邪魔をしても悪いからな。

ところで、見料はいくらだ」

「お上のお調べとあれば、いただくわけにはまいりません」

「ほう、そうかい。それは、いい心がけだ。

じゃあ、もし、おめえさんのおかげで解決につながったときは、お奉行所のお役人に伝えるようにするぜ。

わっしは辰治という、けちな岡っ引だ。下谷一帯を縄張りにしている。山下で、ならず者などに因縁をつけられたりしたら、わっしに相談しな。力になるぜ。近くの自身番で辰治と言ってもらえれば、すぐにわかる」

仙道の占い所を出た辰治は、山下の人混みを歩きながら考え続けた。

（さて、どうやって疑わしい男に目星《めぼし》をつけるか）

辰治には、基本の聞き込みをおろそかにしてしまったかもしれないという反省があった。

というのは、最初の事件では、亭主が怪しいと決めつけ、その尋問に時間と精力をかけた。けっきょく、亭主には殺せたはずがないとわかったあとは、殺された女の行状調べに奔走《ほんそう》し、ようやくひっぱりをしていたと判明した。

聞き込みのやり直しだとわかった直後に、二件目が起きた。

二件目では、血のついた手形に目が行き、連続殺人の疑いが生じた。その結果、下手人像として、ひっぱりになんらかの恨みがある男、あるいはひっぱりに商売されては困る男を想定した。その想定のもと、辰治は調べをおこなってきたのだ。

結果として、なにもわからなかった。

三件目になり、ついに蘭方医の沢村伊織に依頼し、死体から胆嚢が失われていることが判明した。これで、ますます下手人像がわからなくなった……。

いや、それどころではない。もしかしたら、江戸城の公方《くぼう》さま、つまり将軍家斉が間接的に関与しているかもしれない疑いすら出てきたのだ。まさかとは思うが……。

(とにかく、聞き込みのやり直しだな)

殺された女のひっぱり仲間、長屋の住人などが下手人を目撃しているかもしれない。たとえ、ちらと見ただけでも、それらを積み重ねていけば、下手人像が浮かびあがってくるかもしれない。

疑わしき男が見つかれば、仙道に首実検ならぬ手実験をさせればいいのだ。これを根気よく繰り返していけば、下手人にたどり着けるのではなかろうか。

(よし、ではお種の仲間からだな。まだ記憶が新しいうちがよい)

辰治は方針を決めた。

四

「熊胆《くまのい》か。まだ見たことがないからな……」

沢村伊織が茶を飲みながら、ポツリとつぶやいた。

湯島天神門前の家で、朝食を終えたところである。

膳を片付けていた妻のお繁には、ちゃんと聞こえていたようだ。

「熊胆って、薬の熊胆ですか」

「うむ、熊の胆嚢を干したもので、万能薬と言われているが、まだ見たことがなくてな」

「あら、あたしは見たことがありますよ」

お繁がけろりとして言う。

伊織は驚き、妻のほうに向きを変えた。

「え、どこで見たのだ」

「子どものころ、参道の備前屋《びぜんや》で見せてもらったのですがね。熊の腹から取りだし、陰干ししたものだと聞かされ、最初は気味が悪かったのですが、実際に見ると、なんだか古びた巾着袋のようでしたよ。ものすごく苦い薬だと聞かされました」

「そうか、備前屋か」

伊織は、自分の迂闊《うかつ》さがやや腹立たしかった。

備前屋は、湯島天神の参道にある薬屋である。

お繁は、同じく参道にある立花屋《たちばなや》という仕出料理屋の娘だった。近所だけに、子どものころ備前屋に出入りすることもあったのであろう。

おきゃんな娘だったようだから、「おじさん、熊胆、見せて」と押しかけたのかもしれない。

それにしても、岡っ引の辰治が「しなびた金玉袋」、お繁が「古びた巾着袋」と形容しているのが、なんともおかしい。まさに、目に浮かぶようである。

しかし、考えてみると、辰治もお繁も熊胆を見たことがあるのに、蘭方医である自分が実際に手に取って見たことがないのは恥ずかしいかぎりである。

「よし、備前屋で見せてもらうかな」

伊織は患者がやってくる前に、備前屋に出かけることにした。

少し前まで、備前屋の息子の長次郎《ちょうじろう》が弟子の格好で、伊織のもとに出入りしていた。備前屋の主人は、いずれ店を継ぐ息子に医者の弟子を経験させるのは、将来の役に立つと考えたらしい。一時期、長次郎は薬箱をさげて、伊織の往診の供をしていたのだ。

そんなこともあり、備前屋は伊織にこころよく熊胆を見せてくれるはずである。

「急に思いたったのだが、備前屋に行ってくる」

伊織は下駄をつっかけ、外に出た。

＊

参道には、湯島天神に向かう人が途切れなく続いている。

そうした参詣の老若男女に向かって、茶屋女が、

「お寄りなさい」

「団子、ありますよ」

と、声をかけていた。

備前屋は参道に面している。

軒先には、壺型をした板に、

備前屋
薬種

と書いた、大きな看板がかかっていた。

風があるのだが、看板はまったく揺らいでいない。かなりの重量があるのであ

ろう。

伊織は参道に立って、備前屋の店内をながめた。

薬の名と効能を記した木札があちこちに掲げられている。

奇応丸　気付によし　小児むしいつさいによし　ほうそうによし

清明丹　たんせき一切によし　音声をよく出す事妙也

伊織はなんとなく、ながめていたが、ふと、

人参　熊胆　サフラン　小売仕候

という木札があるのに気づいた。

（ほう、小売仕候《こうりつかまつりそうろう》ということは、熊胆も小分けにして売っているということか）

自分がいままで気づかなかったことに、不思議な気がした。要するに、あまり関心がなかったからであろう。

伊織が店先に立つと、帳場に座っていた番頭の瀬兵衛《せべぇ》が声をかけてきた。

「おや、先生、いらっしゃりませ」

「ちと、教えていただきたいことがありましてね」

「へい、あたくしでわかることでしたら。

どうぞ、おあがりください」

「いえ、ここで、けっこうです」

伊織は店先に腰かけた。

瀬兵衛は薬簞笥を背にした帳場から立ちあがると、

「おい、お茶をお持ちしなさい」

と丁稚に命じながら、店先に出てきた。

「あいにく、旦那さまは外出しておりましてね。若旦那も一緒です。

それで、あたくしが帳場に座っていたわけでしてね」

「おや、長次郎どのも外出ですか」

「いよいよ元服《げんぷく》ですから」

「ほう、そうでしたか」

伊織は、長次郎が顔を見せなくなったのも無理はないなと思った。父親に連れられ、同業者に挨拶まわりに出かけたのかもしれない。備前屋を継ぐ教育がはじまったのだ。

丁稚が茶を持参し、伊織の横に置いた。

さっそく本題に入る。

「備前屋は熊胆も扱っているのですか」

「へい、扱っております。しかし、申しわけないのですが、いまは切らしております」

「そうでしたか」

伊織は少なからぬ落胆を味わった。

少なくとも、手に取って見ることはできない。

ふと、熊胆は熊胆《ゆうたん》とも読むことに気づいた。すると、「熊胆に落胆」が脳裏に浮かぶ。だが、さすがに口には出さなかった。駄洒落にしては出来が悪い。

瀬兵衛が気の毒そうに言った。

「熊胆をお求めでしたか」

「いや、そうではないのですが。実物をちょいと見てみたいなと思いましてね。そもそも、熊胆はどこから仕入れるのですか」

「あたくしの聞いているところでは、陸奥《むつ》や信州の山で猟師が熊を仕留め、腹を裂いて胆嚢を取りだしたあと、陰干しして作るようです。商人がそういう猟師の家をまわり、買い取って、江戸に運んでくるのです。それを、あたくしどもが買い取り、煎じ薬にしたり、丸薬にしたりして売るわけですな。

聞くところによると、熊にも当たり年と不作の年があるようでしてね。つまり、熊が多い年と少ない年があるようです。それに応じて、商人が持ちこむ熊胆の数もけっこう差があるのです」

「ほほう。熊胆を作るのは猟師なのですか」

「猟師にしてみれば、大金になるようでしてね。肉は自分たちで食べるのでしょうが、熊胆のほか毛皮などが売れますからね。熊一頭で少なくとも五両になると聞いております。ただし、ひとりの猟師が五両を得るわけではありません。

熊猟はひとりではできないそうでしてね。五、六人で力を合わせて仕留めるそうです。そのため、熊を売った金は、みなで均等に分けるのだとか」

「なるほど、それにしても、熊胆が高値で取引されるのは、その効能が大きいからこそでしょうな。

すると、熊胆に絶大な効能があるのだから、『人胆』はもっと効くと考える人間が出てくるのではないでしょうか。人胆は、つまり人間の胆嚢ですな」

伊織としてはさりげなく、しかも冗談めかせて言ったつもりだった。

だが、瀬兵衛の目つきが変わった。

「先生のお耳にも入ったのですか」

「えぇ、まあ、それで、お手前なら知っているかと思いましてな」

伊織は肯定とも否定ともつかぬ、曖昧《あいまい》な言い方をした。

瀬兵衛は軽くうなずいている。

これまで伊織が長々と熊胆を話題にしたのは、人胆の件が本来の目的と察したようだ。

「蘭方医の先生のお耳に入っても不思議ではないですな。もしかして、売り込みがあったのですか」

「いや、実際に私のところに売り込みがあったわけではありませんが、ちらと噂を耳にしたものですから。

備前屋には売り込みがあったのですか」

「はい、ありました」

瀬兵衛があっさり言った。

伊織は「えッ」と叫びそうになったが、ぐっと抑えた。静かに深呼吸をし、あくまで世間話の口調で続ける。

「人胆を買わないか、と持ちかけてきたのですか」

「さようです。あたくしが応対したのですがね。寺の僧侶や蘭方医と組んでいることを、ほのめかしていました」

「蘭方医も加担しているのですか。しかし、私ではありませんぞ」

伊織が冗談めかした。

瀬兵衛が笑った。

「もちろん、先生とは思っておりません。僧侶や蘭方医を持ちだしたのは、もっともらしくするためでしょうな」

「そもそも、人胆に信憑性はあるのですか。人胆と言いながら、じつは猿の胆嚢ということもありえますぞ」

「はい、おっしゃるとおりです。ですから、あたくしは、きっぱり断りました。いわば、門前払いにしたと言いましょうかね」

「備前屋に売り込みに来たということは、当然ながら、ほかの薬屋にも売り込みに行っているはずですな」

「そうかもしれませんな」

「ということは、備前屋はきっぱりと断わりましたが、断らなかった薬屋もあるかもしれませんな」

「そうかもしれませんな」

伊織は、瀬兵衛の慎重な返答がやや焦《じ》れったかった。

だが、町奉行所の役人ではない。一介の町医者には、強引な尋問はできなかった。

体《てい》よくかわされるのを覚悟しつつ、肝心な質問をする。

「売り込みに来たのは、どんな男でしたか」

「もう、顔などは覚えていませんがね。年齢は三十代のなかばくらいでしょうか。職人というよりは、お店者《たなもの》のようでした。

それに、男は……これは、あくまであたくしの勘ですよ」

「はい、勘が当たっていることは、けっこうありますぞ」

「男は下働きの使いということでしたが、あたくしは意外と、張本人ではないかという気がしました」

「ほう、どういうことですか」

「男は羽織なしの青梅縞《おうめじま》の着物といういでたちでしたが、あたくしはなんとなく、日頃は羽織を着慣れている身分のような気がしたのです」

「ほほう、なるほど」

伊織は瀬兵衛の観察眼が鋭いことに感心した。

やはり、日々、多くの客に接しているからであろう。

売り込みに来た男は商家の手代《てだい》をよそおっていたが、実際は番頭、あるいは主人なのかもしれない。そういう変装をすること自体が怪しいと言えよう。

伊織がハッと気づいて見まわすと、いつしか客が増えていた。これ以上、居座っていては迷惑になろう。

丁重に礼を述べて、伊織は備前屋を辞去した。

五

三枚橋の上に立ってながめると、上野の山の緑が瑞々《みずみず》しい。その濃い緑のあいだに、寛永寺の壮大な伽藍《がらん》が見える。

だが、視線を足元に落とすと、三枚橋の下を流れる忍川は濁《にご》っていた。岸辺近くの棒杭《ぼうくい》に、猫の死骸が引っかかっている。雨が降って流れが強くならないかぎり、死骸はきっとあのままであろう。腐敗し、いずれ沈む。

岡っ引の辰治は猫の死骸を目にしたこともあり、やや気分が沈んだ。

（この橋のふもとで、お種は男に声をかけたわけか）

三枚橋の上に立ったからと言って、なにか発見があるわけではなかったが、辰治はまずお種と男の出会いの場を確かめたかったのだ。

（さて、聞き込みをはじめるか）

辰治は気を取り直し、上野二丁目に向けて歩きだした。

三枚橋の周囲は武家地だが、しばらく歩くと上野二丁目の町家となる。道は活気と喧騒にあふれていた。

（たしか、お時《とき》といったな）

辰治は、お種とともにひっぱり稼業をしていたお時を尋問するつもりだった。

お種の住んでいた長屋とは別な長屋である。とはいえ、構造は似ていた。

辰治は木戸門をくぐり、細い路地を奥に入っていく。両側には、平屋の長屋が続いていた。

どこやらから、魚を煮付ける匂いがただよってくる。その匂いに、あきらかに異臭が混じっていた。長屋の総後架《そうこうか》に汲み取りが来ているようだ。

お時の住まいの前に立つと、入口の腰高障子は開け放たれていたが、人はいないようだった。しかし、腰高障子を開けっ放しにしているのは、遠出はしていないのであろう。

(小便にでも行ったのかな)

辰治は近所にも聞こえるような声で、

「おう、留守かい。じゃあ、ちょいと待たせてもらうぜ」

と言いながら、土間に入ると、上がり框に腰をおろした。

しばらくして、お時が戻ってきた。大きな盥を手にしている。

「おう、しばらくだな。まだ、商売に出かける時刻でもないと思って、待たせてもらった」

「あら、親分ですか。井戸端で洗濯をしていたのですがね」

お時は家の中にあがり、盥を台所の隅に傾けて置きながら言った。

その口調は冷ややかだった。あきらかに迷惑がっている。

だが、辰治は嫌がられるのが愉悦なのだ。

「ほう、湯文字を洗濯していたのか。感心だ。やはり、股座《またぐら》を隠す湯文字だけはきれいにしておかないとな」

「洗濯していたのは、亭主のふんどしと股引ですよ」

お時が怒りを滲《にじ》ませて言い返す。

だが、辰治には「蛙《かえる》の面《つら》に小便」だった。いっこうに気にせず、話を続ける。

「お種が殺された晩のことだ。おめえには先日、話を聞いたが、もう一度、聞かせてくれ。なんなら、場所を変えてもいいぜ」

辰治としては気を遣ったつもりだった。

裏長屋の壁は薄いため、話し声は両隣に筒抜けである。まして、入口の腰高障子を開け放った状態では、路地を隔《へだ》てた向かいにも聞こえるであろう。

「べつに、ここでかまいませんよ。あたしがひっぱりをしているのは、隣近所はみな知っていますから」

「ほう、それは好都合だ。では、遠慮なく言おう。

あの晩、てめえも三枚橋のそばにいたんだよな。お種が引っ張った男について、なにか覚えてないか」

「この前も言いましたが、夜でしたからね。顔なんかわかりませんよ。男は提灯をさげていましたけどね。でも、提灯で自分の顔を照らし、

『おい、こんな面《つら》だが、どうだ』

と、お種さんを誘ったわけじゃありませんからね」

お時が吐き捨てるように言う。

辰治は声をあげて笑った。

「うむ、てめえ、なかなかおもしろいことを言うじゃねえか。気に入ったぜ。

だがよ、わっしは、男のへのこの大きさを聞いているわけじゃねえぜ。顔のほかに、着ていたものとか、なにか覚えてねえか」

「そういえば、羽織を着ていたようでしたね。暗いので、柄などはわかりませんでしたが」

「羽織か。とすると、職人ではないな」

「へい、なんとなくお店の衆のようでしたがね」

「お店者だとしても、羽織を着ているとなれば、主人か番頭だぜ」

「そういえば、お店の番頭さんの雰囲気がありましたね。あの日、あたしらのなかでは、お種さんが最初に客をつかまえたので、あたしは、

『口開けは、お種さんだね』

と、声をかけたのです。

お種さんは笑って、手を振ってきましてね。あたしとお種さんは馬が合うというのか、仲がよかったのです。あれが、生きているお種さんを見た最後でした」

急に感情がこみあげてきたのか、お時の語尾が震えた。

前垂れで鼻水をぬぐう。

辰治はそんなお時を見つめながら、考えた。

（しかし、住み込みの番頭なら、夜中にひとりで出歩くなど、そうそうはできないはず。すると、商家の主人か……）

一歩、下手人像に近づけたかもしれない。

「それはそうと、いまも三枚橋のほとりに立っているのか。心配するな、召し捕るなんぞ、野暮《やぼ》なことは言わねえ」

「立っていますよ。そうしないと、食っていけませんからね」

「ふうむ、そうか。お種が殺されたが、てめえ、怖くはねえのか。これからも、ひっぱりをしている女が殺されかねないぞ」

「そうかもしれませんね。でも、同じ場所には来ないでしょうよ。顔を見られているかもしれない、と思っているでしょうから。

ですから、三枚橋のほとりは、かえって安心ですよ」

「ほう、なるほど。言われてみれば、たしかにそうだな」

辰治はお時が利口なのに感心した。

最初、もしそれらしき男を見かけたら知らせてくれと頼むつもりだった。だが、男が三枚橋のほとりでひっぱりに接近することは、二度とあるまい。

「うむ、邪魔したな。まあ、これからも商売に励むことだ」

辰治は上がり框から腰をあげた。

＊

次に、下谷同朋町に向かう。二番目の犠牲者が出た場所である。

上野二丁目から下谷同朋町までは、なんてことはない距離だった。下谷広小路の南端から、やや入ったところである。

（殺された女はお国《くに》。尋問した女は、たしかお島《しま》と言ったな）

辰治は歩きながら、お国やお島たちは下谷広小路の片隅に立ち、男に声をかけていたと聞いたのを思いだす。

木戸門をくぐり、細い路地を奥に進みながら、

（う～ん、お島の住まいはどこだったかな）

と、辰治は内心でうなった。

さすがに覚えていなかった。

両側は平屋の長屋が続いており、入口の腰高障子には屋号や稼業が書かれているが、住人の名前までは出ていない。

奥の共同井戸で水を汲んできたのか、手桶をさげた女が歩いてくる。

「ちょいと教えてくんな。お島という女が住んでいるはずだが」

「ああ、お島さんなら、そこですよ」

女が指さした。

入口の腰高障子には稚拙な字で、「魚源《うおげん》」と書かれていた。

魚屋の源助か、魚屋の源吉か……。

亭主は魚の行商をしているのかもしれない。

明かり採りのため腰高障子は開け放たれているので、

「おう、ごめんよ」

と声をかけながら、辰治は敷居をまたいで土間に踏みこんだ。

部屋では、お島と十歳くらいの男の子が昼飯を食べていた。

膳の上には、鹿尾菜《ひじき》と油揚の煮付けと、沢庵《たくあん》がのっている。冷や飯を湯漬けにして食べているようだった。

「こりゃあ、すまねえ。飯の最中だったか」

お島は一瞬、誰だかわからないのか、ぽかんとしている。

辰治がふところから十手を取りだし、ちらりと見せた。

「わっしだが、忘れたか」

「ああ、親分でしたか。

いえ、もう終わりましたから」

お島がふたつの膳を片づけながら、

「遊びにいってきな」

と、子どもに命じた。

「行くから、おっ母ぁ、銭、くんなよ」

「まったく、しょうがないね」

お島が顔をしかめながら、一文銭と四文銭を取りまぜて渡した。

小遣いを受け取った男の子は下駄をつっかけ、さっさと路地に出ていく。来客である辰治には挨拶もしなかった。もちろん、母親が挨拶しろと命じなかったからであろう。

　上がり框に腰をおろしながら、辰治が言った。

「子どもがいて、よく商売ができるな」

　考えてみると、不思議である。

　小さな台所のほかは、畳六枚分くらいのひと部屋だけなのだ。

　男を引っ張りこむのが信じられなかった。亭主は心得ているので適当に外出するにしても、子どもの居場所がなくなる。

　夫婦であれば、子どもをはさんで、いわゆる「川の字」で寝る。ところが客の男と川の字で寝ることはできまい。

　お島がこともなげに言った。

「この長屋に、同じように広小路に出ている子持ちの女がいましてね。おたがいに、商売に出る日は子どもをあずかることにしているのですよ」

「ほう、交代で子どもをあずかり、広小路に出ているわけか。てめえ、なかなか利口だな。感心したぜ。

　ところで、お国が殺された件だ。ここでは話しにくいというのであれば、外に出てもいいぜ」

「べつに、ここでかまいませんよ。どうせ、長屋のみんなは知っていることですから。

でもね、親分、あたしが知っていることは、この前、全部話しましたよ」

「それは、わかっているんだがよ。そのあと調べていくうち、いろいろわかってきたことがあってな。

あらためて、話を聞かせてほしいのよ」

「へい、わかりました」

「てめえ、お国が引っ張った男の顔は見たか。下谷広小路なら、夜が更けても、あちこちに明かりがあるだろうよ」

「はい、ちらと顔は見ましたよ」

「なにか、覚えているか」

「なにも覚えていません」

「おい、てめえ、ふざけるな」

辰治が目を怒らせた。

お島は言い返す。

「あたしの客ならともかく、人が引っ張った男の顔など、いちいち覚えているはずがないでしょうよ。前回も、覚えていませんと言ったはずです。それから日数が経っているのですよ。なおさら、覚えているはずがないじゃありませんか」

辰治もたじたじだった。

質問を変える。

「まあ、そうだな。よし、顔はあきらめよう。では、着物だ。羽織は着ていたか」

「たぶん、羽織だったでしょうね」

「たぶんとは、なんだ。はっきりしろい」

「あたしらは、金に余裕がありそうで、おとなしそうな、お店《たな》の衆に声をかけるようにしているのです。そういう男は、たいてい羽織姿ですからね」

「ほう、なるほどな。

それにしても、お店者を選んでいたとは意外だった。職人のほうが気前がいいような気がするがな」

「うるさい連中が多いのです。とくに酒に酔っている職人衆は最悪です。最初は威勢がいいのですが、家に連れてきたあとで、ごたごたが起きることがありましてね。気前よく祝儀をはずむ男もいますが、なかには、約束の二朱を踏み倒す男もいますから。

その点、堅気のお店の衆は安心でしてね。余分な祝儀こそくれませんが、約束した金はきちんと払ってくれます」

「ふうむ、じゃあ、お武家はどうだ」

「お武家さまもお断りですね。ときどき、どこで聞きつけたのか、あたしらの前を行ったり来たりするお武家さまがいましてね。さも、声をかけてくれと言わんばかりでして。でも、誰も声をかけません」

「そうか。じゃあ、わっしが前を歩いていたらどうだ」

「あたしは絶対に声をかけませんね」

お時があっさり言う。

辰治は声をあげて笑った。

「まあ、そうだろうな。うむ、ありがとうよ。これからも商売に励んでくんな」

＊

辰治は下谷山崎町に向かった。

最初に事件が起きた場所である。

(腹が減ったな)

歩きながら、辰治は昼飯を食いそびれていることに気づいた。

下谷山崎町と、辰治が住む下谷御切手町はごく近い。いったん家に帰り、昼飯を食べることもできるが、それも面倒だった。

(よし、屋台で済ますか)

辰治は道端に、握り寿司の屋台が出ているのに目をとめた。屋台の掛行灯に、

寿し
千秋万歳

と書かれている。

「おい、ちょいと、つまませてもらうぜ」

「へい、いらっしゃりまし」

頭に手拭を巻いた初老の男が、愛想よく言う。

辰治は、斜めに傾けた板の上に置かれた海苔《のり》巻、穴子《あなご》、鮪《まぐろ》、こはだに手をのば

し、次々と食べた。

海苔巻には干瓢《かんぴょう》が巻きこまれ、穴子は甘く煮つけられている。鮪とこはだは、ネタと飯のあいだに山葵《わさび》が入っていた。

それぞれ飯の量が多いため、四個を食べた辰治はふーっと息を吐いた。

「ああ、食ったな。いくらだ」

「いいえ、親分からお代をいただくわけにはまいりません」

「えっ、おめえ、わっしを知っているのか」

辰治はまじまじと相手の顔を見たが、とくに思いあたることはなかった。

かつて、なにかの取り調べのとき、十手を見せて質問したのかもしれない。

事件の取り調べに際して、関係していた大店の主人や番頭が、二分とか三分の金を、そっと袂に滑《すべ》りこませてくることは多い。そんなとき、辰治は平気で受け取っていた。

だが、屋台店などの零細な商人には、けっしてたからないというのが、岡っ引としての辰治の矜持《きょうじ》だった。

「自分が食ったものの代金はちゃんと払うぜ。どれも、八文か」

「へい、どうも畏れ入りやす」

屋台の主人がぺこりと頭をさげる。

辰治は合わせて三十二文を払い、屋台をあとにした。


下谷山崎町の表通りを歩きながら、辰治は記憶を確認する。

(殺されたのはお弓《ゆみ》、ひっぱり仲間の女はお咲《さき》だったな)

表通りに面して、長屋の木戸門がある。

木戸門をくぐると路地が奥に続き、両側には平屋の長屋が続いていた。

辰治は人に尋ねるまでもなく、お咲の住まいは覚えていた。やはり、最初の事件だっただけに、印象が強かったのかもしれない。

だが、入口の腰高障子は閉じられていた。

障子には「吉」とだけ、簡単に書かれている。亭主の名前の一部だろうか。人からは、「吉公」や「吉さん」と呼ばれているのかもしれない。

(留守かな)

辰治はハッと気づいた。

もしかしたら、昼間から男を引っ張りこんでいるのではあるまいか。

耳を澄ませたが、とくに喜悦の喘《あえ》ぎ声などは聞こえてこない。とはいえ、はじまる前、あるいは終わったあとかもしれない。

辰治はちょっと迷ったが、そのときはそのときだと思いきって、

「おい、留守かい」

と声をかけ、腰高障子をトントンと叩いた。

中から返事はない。

隣の老婆がすぐに路地に顔を出した。胡散臭《うさんくさ》そうに、辰治を見つめている。

「お咲さんを訪ねてきたのかい」

「ああ、ちょいと用事があってな」

「お咲さんはさきほど、湯屋に行きましたよ」

「そうか、じゃあ、出直すよ」

辰治は、お咲は今日、日が暮れてからひっぱりに出るつもりなのかもしれないと思った。湯屋は準備のひとつであろう。

老婆に礼を言い、辰治は木戸門に向かう。

木戸門の外で、お咲の帰りを待ち受けるつもりだった。

しばらくすると、お咲がほぼ同年齢の女と話をしながら歩いてくるのが見えた。濡れた手拭と糠袋《ぬかぶくろ》を手にしている。

辰治が片手をあげて合図をした。

お咲はようやく気づいたのか、連れの女になにやらささやいている。

連れの女はちらと横目で辰治を見たあと、そそくさと木戸門をくぐった。同じ長屋に住む、ひっぱり仲間であろうか。

「今日は、なんですか」

お咲はあきらかに迷惑がっている。

辰治が宥《なだ》めるように言った。

「わっしは、お弓を殺した男を追っているのだぜ。力を貸してくれよ」

「親分は召し捕った男を、あたしに見てくれというのでしょう」

「召し捕っていないから、こうやって話を聞きにきているのじゃねえか」

「あたしは、見かけただけですからね」

「え、おめえの言っていることがわからねえが」

辰治は、会話が微妙にずれているのを感じた。

あらためて問う。

「おめえ、なにか、男について知っているのか」

「四、五日前でしたかね、道で見かけたのですよ」

辰治は目をむき、

「え、なんだと。おい、そんな大事なことを、なぜいままで黙っていたんだ」

と、叱りつけた。

相手を平手で張り飛ばしたい衝動を、懸命に抑える。

「親分にいろいろ聞かれた、あのあとのことですからね。それに、親分に知らせようにも、どこに知らせたらいいか、わからないじゃないですか」

お咲が言い返す。

辰治も返答に窮《きゅう》した。

たしかに、お咲の言い分はもっともである。要するに、自分が再度の聞き込みを怠《おこた》っていたのが原因だった。

「すまねえ。ちょいと、頭がこんがらがってよ。それで、つい怒鳴ってしまった。勘弁してくんな。

最初から、順序だてて話してみろい」

「へい、四、五日前の昼ごろ、下谷坂本町で、あの晩、お弓さんが声をかけた男が歩いているのを見かけたのです。羽織姿で、丁稚が供をしていました」

「おい、なぜ、男の顔がわかったのだ」

「だって、あの晩、はっきり見ましたから」

それまで眉間に皺を寄せて真剣に聞いていた辰治が、またもや声を荒らげた。

「おい、いいかげんなことを言うな。前回、わっしが男の顔について尋ねたとき、てめえは、

『よく覚えていません』

と答えたじゃねえか」

「だって、普通の顔だったのですよ。そりゃあ、目が三つあったり、鼻が欠けていたりすれば、あたしも覚えていて、いろいろ言えますけどね。普通の顔だったんですから、

『どんな顔だ』

と聞かれても、答えようがないじゃないですか。それで、よく覚えてないと言ったのです」

「う〜む、まあな」

反論され、辰治もたじたじの気分だった。

お咲はかなり口が達者なようである。下手《へた》をすると、言い負かされそうだった。

気を取り直して、質問を続ける。

「お弓やおめえが男に声をかけていたのは、坂本通りの暗がりだよな。なぜ、そんなにはっきり男の顔が見えたのだ」

「お弓さんと連れだって歩きだしたとき、雲の隙間からサッと月の光がさして、男の顔を照らしたのですよ。角度の具合かもしれませんが、あたしの目には、はっきり見えたのです」

「ふうむ、なるほど、そういうことか。

それで、四、五日前、見かけたとき、男のあとをつけたか」

「そんなことしませんよ。あとをつけて、いったいどうするんですか」

お咲は怒っていた。

辰治は相手を宥める。

「まあ、そうカッカしなさんな。では、その男がどこに行ったかはわからないのか」

「なんとなく、用事を終えて帰ってきた雰囲気でしたから、あのあたりの店でしょうね」

お咲の観察眼はかなりのもののようだ。頭の回転も速い。

辰治はしばらく考えたあと、思いきって言った。

「おめえ、頼まれてくれねえか。明日から下谷坂本町を歩き、商家を見てまわってくれ。どこかに男がいるはずだ。もちろん、礼はする。もし男を見つけたら……そうだな、お奉行所から金二分の褒美が出るようにする。ひっぱりの稼ぎは金二朱が相場だろうよ。ちんちん鴨をせずに、四人分が稼げるぜ」

辰治は、同心の鈴木順之助に頼むつもりだった。鈴木が奉行所に掛けあってくれるであろう。もしかしたら、二分よりももっと多額の褒美が出るかもしれない。

お時は金額を知って、その気になったようだ。

「二分ですか。じゃあ、やってもいいですけどね。でも、もし見つからなかったら、どうなりますか」

「そのときは、わっしが手間賃として二朱渡す。少ないが、まあ、それで勘弁してくれ。どうだ」

「まあ、やってみてもいいですけどね」

「よっし、決まりだ。

下谷御切手町で、わっしの女房が金沢屋《かなざわや》という汁粉屋をやっている。なにかわかったら、金沢屋に知らせにきてくれ。そのときは、汁粉はただで何杯でも馳走《ちそう》するぜ。

わっしの口から言うのもなんだが、金沢屋の汁粉はちょいと評判だぜ。もっぱら、『女将はまずいが、汁粉はうまい』という評判らしいがな。

もし、わっしがいなくても、下谷山崎町のお咲とさえ言えば、おめえにはただで何杯でも汁粉を振る舞うよう、女房には伝えておく」

汁粉を無料で堪能《たんのう》できると聞いて、お咲が初めて笑顔を見せた。

第二章　頭蓋骨

一

診察を受けた老婆が礼を述べ、帰っていくのを見送ったあと、沢村伊織が言った。

「いったん患者は途切れました。では、これからうかがいましょうか」

「はい、では、ご案内いたしますので」

入口の近くに座っていた男が、待ちかねたように立ちあがる。男は二十歳前の年齢にもかかわらず、頭は剃髪していた。

須田町にある、モヘ長屋の一室である。

伊織は長屋の持ち主から一室を提供され、一の日（一日、十一日、二十一日）の四ツ（午前十時頃）から八ツ（午後二時頃）まで、長屋の住人を対象とした無料の診療所を開いていた。

いつしか蘭方医としての評判が広がり、長屋以外からも往診を求められるようになった。もちろん、長屋の住人が優先だが、伊織は可能なかぎり求めには応じるようにしていた。

そしてさきほど、連雀町《れんじやくちょう》の者が往診を求めてやってきたのだ。連雀町は須田町の西に隣接する隣町である。

伊織がまず、急を要する状況かどうかを確認すると、出土した骨の鑑定をしてほしいということだった。少なくとも急患ではない。

そこで、長屋の住人の診察が済むまで、待ってもらっていたのだ。

「では、まいりましょうか」

立ちあがった伊織が、草履に足をおろす。

そのとき、路地から声がかかった。

「おや、先生。往診ですか」

戯作者《げさくしゃ》の春更《しゆんこう》だった。

その目は好奇心で輝いている。

春更はモヘ長屋に住み、これまでに何冊か戯作を刊行していた。しかし、鳴かず飛ばずで、筆耕《ひっこう》をして糊口《ここう》を凌《しの》いでいた。

「うむ、連雀町まで行く」

「では、わたしが薬箱を持ってお供しましょう」

春更が申し出る。

というのも、春更は伊織の弟子を自称していたのだ。いわば、押しかけ弟子である。伊織の往診や検屍に同行することで、戯作のネタを得ようというのが狙いらしい。

うすうす伊織も気づいていたが、大目に見ていた。春更の憎めない人柄に、ほだされたこともある。

伊織が笑いをこらえて言う。

「薬箱は必要ない。行先は医者の家だからな。しかも、検分するのは骨だ」

「え、そうなのですか。ふ〜む、それでは、薬箱のあるなしにかかわらず、わたしは弟子ですから、お供をします」

春更は医者や骨と知って、いよいよ好奇心が強くなったようだ。たしかに、医者が医者の家の往診に行くなど、尋常ではない。

伊織が下女のお松《まつ》に言った。

「誰か人が来たら、私は往診に出かけていると伝えてくれ」

「へい、かしこまりました」

台所で飯炊きをしていたお松が答える。

お松は、長屋の持ち主である酒屋・両替商の加賀屋《かがや》から派遣され、昼飯の用意のほか、雑用に従事していた。

三人は連れだち、長屋の路地から表通りに出る。

歩きながら、春更が好奇心を丸出しにした。

「医者の家に、先生が呼ばれたのですか」

「うむ。漢方医の佐々木久庵《ささききゆうあん》先生の家でな。こちらは、久庵先生のお弟子の長八《ちようはち》どのだ」

伊織が、呼びにきた若者を紹介する。

春更は同じく医者の弟子という立場を知って、ややどぎまぎしている。

歩きながら、長八が頭をさげた。

「弟子の長八でございます」

「ははあ、そうでしたか。わたしは沢村伊織先生の弟子でございまして」

春更の声がやや小さい。

やはり、医者の弟子に対して、自分も医者の弟子と名乗るのは、おこがましい気分なのであろう。

伊織が長八に質問する。

「濡縁《ぬれえん》の下から骨が見つかったということだが、どういういきさつだったのですか」

「昨日、肥汲みの百姓が汲み取りの謝礼として、牛蒡《ごぼう》を持参したのです。かなり大量だったので、先生が下男に、

『縁の下の、土の中に埋めておきなさい』

と、お命じになりましてね。

そこで、下男が縁の下を掘ったところ、頭蓋骨が出てきたわけです。

今日がモヘ長屋に先生がおいでの日とわかったので、久庵先生に命じられて、わたしがお願いにまいったわけです」

「なるほど」

「牛蒡を土に埋めるのは、どういうわけでしょうか」

横から、春更が怪訝そうに言った。

長八が笑みを浮かべる。

「わたしも理由がわからないので、先生にうかがったところ、牛蒡の保存法だそうです」

「土のついたままの牛蒡を薄く土に埋めておくと、長期保存ができるというのは、私も聞いたことがあるぞ」

伊織が補足した。

春更の旺盛な好奇心は、今度は汲み取りに向かう。

「ところで、汲み取りの百姓が雪隠の汲み取りをさせてもらう謝礼として、牛蒡を持ってきたのですか」

「江戸の町で汲み取った糞尿は農村に運ばれ、田畑の肥料として用いられる。百姓にとって、糞尿は貴重でな。そのため、百姓のほうから謝礼として野菜などを持ってくるのだ。

湯島天神門前の私の家でも、雪隠《せっちん》の汲み取りをする百姓が大根を持参しているぞ」

伊織は、糞尿が農民のあいだでは商品として取引されていることを知っていた。

というのも、シーボルトが、日本では都会で汲み取られた糞尿が農村に運ばれ、肥料として利用されている事実を知って、非常に興味をいだいた。そこで、伊織ら門弟数人が実態を調べ、師にくわしく教えたのだ。

そのとき、シーボルトから、牧畜が盛んなヨーロッパでは牛や馬、羊などの家畜の糞を肥料として用いるため、人糞は厄介物として捨てられているのを教えられ、逆に伊織らは驚いたものだった。

「ほう、そうなのですか。しかし、モヘ長屋にも百姓が汲み取りに来ていますが、わたしはまだ牛蒡も大根も、一本ももらったことはありませんよ。わたしも総後架に大便を落とし、貢献しているのですがね」

春更が納得のいかない顔をしている。

伊織が笑った。

「長屋などの場合、住んでいる人間が多いだけに、糞尿の量も膨大だ。そのため、百姓は大家に金を払って汲み取らせてもらうのだ。モヘ長屋の場合は、大家の茂《も》兵衛《へえ》どのの収入になるわけだな」

「そうだったのですか。わたしの身から出たものが、茂兵衛さんの実入りになっているのですか」

春更の冗談に、長八が吹きだした。

そのあと、笑いを嚙み殺しながら言った。

「ここでございます」

二

黒板塀に囲まれた、二階建ての家だった。塀越しに木の枝の緑が見えるので、庭もあるようだ。

佐々木久庵が流行り医者であるのをうかがわせる。

木戸門のそばに、

「都合により、しばらく休診する」

という意味の貼紙があった。

伊織を迎えるため、患者を断っているのであろう。用意周到と言えるが、近所の人間に知られたくないのが真意なのかもしれない。

木戸門をくぐると、飛石《とびいし》が玄関に続いていた。玄関の三和土《たたき》には、根府川石《ねぶかわいし》の沓脱《くつぬぎ》が据えられている。

玄関をあがると、畳四枚ほどの部屋で、待合室のようだ。その奥が診察室で、薬の調剤室でもあるのか、薬箪笥が置かれている。久庵は薬箪笥を背に、文机《ふづくえ》を前にして座っていた。

「どうぞ、お座りください」

久庵は黒八丈の羽織を着て、頭は剃髪し、腰には脇差を帯びていた。いかにも、漢方医の威厳を示している。年齢は五十前後であろうか。

いっぽう、伊織も黒羽織のいでたちだが、頭は総髪にしていた。

久庵は伊織が座るのを待ち、

「さっそくですが、おたがい不佞《ふねい》・足下《そっか》で呼ぶのはいかがですか」

と、提案した。

不佞と足下は、文人学者などが用いる一人称と二人称で、年齢や身分に顧慮《こりょ》しないでよい便利な呼称である。

おたがい気を遣わなくてよいため、伊織は即座に賛成し、

「不佞もそれがよいと思いますぞ」

と、さっそく用いる。

「わかりました。では、縁の下の土の中から出てきたものを、足下に見ていただきましょうか」

「その前に、ちとおうかがいしたいのですが。なぜ不佞をお呼びになったのですか」

伊織が尋ねた。

久庵が穏やかに微笑む。

「ご不審はごもっともです。医者とはいえ、漢方医は骨の鑑定などしたことがありませんからな。いっぽう、蘭方医の足下は町奉行所のお役人の求めに応じ、検屍をおこなっていると聞いたことがありましたのでね。まあ、同業者のあいだでは、噂はすぐに伝わりますから。

それで、ともかく足下の力を借りようと思ったのです」

「さようでしたか。では、見せていただきましょうか」

「これです。掘りだしたままで、水で洗ったりはしておりません」

久庵が白木綿の包みを前に出す。

包みを解くと、泥まみれの頭蓋骨が現れた。

伊織はふところから虫眼鏡を取りだし、頭蓋骨を観察していく。

「たしかに言えるのは、大人の男ということですね」

「男と女の違いはどうしてわかるのですか」

「側面から見るとわかります。額《ひたい》の傾斜が男のほうが女にくらべ、斜めの度合いが強いのです」

「ほう、さようですか。頭蓋骨を多数見ていないと、わからぬでしょうな。

死因はわかりますか」

「まだ、わかりません。ここをご覧ください」

伊織が頸椎《けいつい》の切断面を指で示した。

久庵、それに春更と長八も目を近づける。

「スパリと切断されているので、鋸《のこ》で切ったのではありません。たとえば斧や薪割りのような重さのある刃物を叩きつければ、このような切断面になるはずです。しかし、ちょいと妙ですな」

「どうかしましたか」

「切断面が斜めになっています。死体を寝かせて置いて、薪割りを振りおろしたとしたら、まっすぐな切断面のはず。ところが、斜めということは、座っているところを切ったのかもしれませんな。

となると、生きているうちに首を断ち切られ、殺された疑いが濃厚ですが、断定はできませせぬ」

「では、首は切断されたあと、すぐに埋められたとして、埋められてどのくらい経っているでしょうか」

「地中に埋められた死体は、完全に白骨化するまでに二～三年以上はかかります。ですから、埋められたのは少なくとも二年より昔ですね」

「ほう、二～三年もかかるのですか。不佞は土の中だと、一年くらいで白骨になるのかと思っておりました」

「土の上、たとえば野原に放置された死体は野犬や鼠《ねずみ》、烏《からす》などが食い荒らしますし、蛆《うじ》などが腐肉を食べます。さらに、風雨にさらされるため、およそ一年で完全に白骨化します。

　ところが、土の中は安定しているため、白骨化するのも、ゆっくりなのです」

「ほう、不佞はまったく逆と思っておりましたぞ」

　久庵が感心したように言った。

　伊織は相手の正直な感想に好感を持ったが、やはり漢方医の解剖学的な知識の欠如には慨嘆《がいたん》せざるをえない。もちろん、その点を指摘するのは遠慮したが。

　久庵がおおげさに苦悩の表情をする。

「すると、不佞も疑われる羽目になりますな」

「どういうことですか」

「不佞がこの家に越してきたのは、ちょうど三年前なのです。去年だったら、疑いから外れていたのですがね」

伊織も思わず笑った。

もし、久庵が去年引っ越してきていたら、頭蓋骨はそれ以前に埋められていたはずである。久庵は容疑の圏外ということだった。

「もし、よろしければ、この頭蓋骨が掘りだされた場所を見せていただけませぬか。周囲を掘れば、ほかに出てくるかもしれませぬ」

「わかりました。ご案内しましょう。

六助《ろくすけ》を呼んでくれ」

久庵が長八に命じた。

頭蓋骨を発見した下男が、六助なのであろう。

久庵と伊織、春更、長八、六助の合わせて五人が庭に出た。

「ここでごぜえす」

六助が濡縁の下を示した。

たしかに、縁の下に土を掘り返した跡がある。だが、さほど深い穴ではない。牛蒡を埋めるため、薄く掘っただけで頭蓋骨が見つかったのだ。

伊織は違和感を覚えた。

(首を埋めて隠すにしては、あまりに杜撰《ずさん》ではなかろうか)

庭の隅など、いくらでも深い穴を掘る場所はあったはずである。畳をはがせば、床下に埋めることもできよう。なぜ、濡縁の下などという中途半端な、安易な場所を選んだのか。

「まわりも掘ってみなさい」

久庵に命じられ、六助が縁の下にもぐりこんだ。

手伝うため、長八も着物の裾を尻っ端折りして身体をかがめ、縁の下に入りこむ。それどころか、春更まで尻っ端折りをして、縁の下にもぐりこんだ。

とはいえ、身体をかがめているので、鍬《くわ》などは使えない。台所から持参した薪や板切れなどで土をほじくる。なんとも、焦れったい作業だった。

三人の膝《ひざ》をついた格好の作業をながめながら、伊織の違和感はますます強くなった。埋めるときも、こんな窮屈な姿勢になったはずである。なぜ、こんな場所に埋めたのか。

しばらくして、六助が声をあげた。

「なにかあります。煙管《きせる》のようです」

伊織は思わず身を乗りだした。

三人が縁の下から出てきたが、みな膝小僧が泥だらけだった。

六助が掘りだした煙管と布切れを、久庵に渡す。

煙管の羅宇《らお》は竹の繊維がわずかに残り、グニャグニャである。雁首《がんくび》と吸口は金属製のようだが、泥にまみれていた。布切れはまさにボロボロで、ちょっと引っ張るだけですぐに裂けてしまいそうだった。

久庵が、雁首と吸口の泥を指で落としながら、

「銀製のようですな。この布はなんでしょうか。足下は、どう見ますか」

と、伊織に渡す。

受け取った伊織は、虫眼鏡で雁首と吸口を観察した。

続いて、鑷子で布切れをつまみあげ、やはり虫眼鏡で観察する。

「雁首に植物の実、吸口に蔦《つた》のような意匠が彫られています。布はおそらく煙草入れの袋の部分でしょうが、布の柄などはもうわかりませんね」

「この煙管は、頭蓋骨の主の持ち物だったのでしょうか。それとも、そばに埋まっていたのは、たんなる偶然でしょうか」

「おそらく死体の身元をわからなくするため、首を切断して埋めたのだと思います。その際、煙管と煙草入れも埋めたのでしょうね。煙管の彫物や煙草入れの意匠などで、

『あ、これは○○の煙管と煙草入れだ』

と、持ち主が判明することがままあるのです。それを避けるためと思われます」

「なるほど、誰の死体かわからなくするためですか。となると、首を失った肢体がどうなったのか、気にならないではありませんが」

久庵が苦渋の表情を浮かべる。

伊織が話題を変えた。

「自身番には届けるおつもりですか」

「はい、そのつもりでおります。町奉行所のお役人の検使になるかもしれませんがね」

伊織は役人の実態を知っていた。

二～三年以上も昔に埋められたらしいと知れば、おそらく役人は面倒がり、検

使はしないであろう。また、たとえ検使に来たとしても、ざっと頭蓋骨を検分しただけで、「丁重に葬ってやれ」と言い残し、さっさと帰るはずである。

だが、ここで楽観視を示すわけにもいかないので、伊織は、

「発見された煙管は、自身番に届けたほうがよいでしょうな。もしかしたら、見覚えている人がいるかもしれません」

と、言うにとどめた。

久庵が誘う。

「わかりました。そうしましょう。

ところで、そろそろ昼ですな。仕出屋からちょいとした料理を取り寄せますので、いかがですか」

「ありがたいのですが、患者が待っているかもしれません。今日のところは、これで失礼します」

伊織は丁重に断り、春更とともに久庵の家を辞去した。

＊

モヘ長屋に戻ると、さっそく下女のお松が昼食の用意しようとする。

飯は炊きたてだが、おかずは相変わらずの八杯豆腐《はちはいどうふ》であろうと覚悟した。

ところが、お松が嬉しそうに言った。

「今日は、湯豆腐にしてみました」

「ほう、そうか」

伊織は驚きの声を発した。

奉公先の加賀屋の台所で、薬味の作り方を習ったのだろうか。

お松が膳に飯をのせようとするのを見て、伊織があわてて制した。

「おい、ちょっと待ってくれ」

外から異臭がただよってきたのだ。

見ると、総後架で汲み取りを終えた農民が天秤の前後に肥桶をさげ、路地を歩いてきたところである。

伊織は、農民が前を行き過ぎるのを待つつもりだった。

ところが、農民はちょうど入口の前で立ち止まってしまった。それどころか、天秤棒を肩から外し、ふたつの肥桶を路地に置いた。もちろん、肥桶には糞尿が満載されている。

農民は、大家の茂兵衛と立ち話をしていた。

お松が顔をしかめ、小声で言った。

「閉めましょうか」

だが、こんなとき、急いで入口の腰高障子を閉めるのは、あまりに露骨《ろこつ》である。

伊織がとりなした。

「まあ、すぐに行ってしまうだろうよ」

ところが、農民はなかなか肥桶をかつぎあげない。

それどころか、茂兵衛と農民はおたがい、かなり険悪な口調で言いあっている。なにか、金額のことで揉めているようだった。

伊織はさきほど、春更と長屋の汲み取りの話をしたことを思いだし、おかしくなった。

ようやく農民が天秤棒で肥桶をかつぎあげ、憤然とした様子で歩き去った。かなり怒っているようだ。話しあいは決裂したらしい。

続いて、茂兵衛がやや荒々しい足取りで、土間に入ってきた。

上がり框に腰をおろすなり、言った。

「先生、言い争いが聞こえましたか」

「なにか、揉めていたようですな」

「そうなんです。あの肥汲みの百姓が、

『汲み取り料を値下げしてほしい』

と言いましてね。

あたしは、こう言ってやりましたよ。

『長屋はこのところ人の数も増えてるんだ。こっちは、値上げしたいくらいだよ。値下げなんて、とんでもない』

すると、言うに事欠いて、

『こちらの長屋の下肥《しもごえ》は、効きが悪いのですよ』

と言うではありませんか。

あの百姓め、馬鹿にしやがって。この長屋は貧乏人ばかりで、ろくなものを食ってないと言うのと同じですからな」

「ほう、贅沢な物を食っている家の下肥は、効きがよいのですか」

伊織としては興味があった。

だが、茂兵衛はまだ怒りがおさまらないようだ。

「こうだ、ああだ、と言いあっているうちに、あの百姓め、脅してくるではありませんか。

『じゃあ、来月からもう汲み取りには来ない。それで、いいんですかい』

『そうしたいなら、そうしな。おまえさんが払っている金額よりもっとたくさん出すから、ぜひ汲み取らせてほしいという者はいるんだ。代わりはいくらでもいるんだからね』

あたしは、こう言い返してやりましたけどね。

百姓は仏頂面をして、肥桶をかついで長屋から出ていきましたよ」

「しかし、本当に汲み取りに来なくなると、困るのではないですか」

「なあに、たんなる強がりですよ」

茂兵衛は鬱憤《うつぷんば》晴らしなのか、汲み取りの農民への憤懣《ふんまん》をしゃべり続け、話はなかなか終わりそうもない。

台所で膳を持ったまま、お松は困りきっていた。

三

「五、六杯は食うかと思っていたのだが、おめえ、たった三杯だったな。まさか、遠慮したわけでもあるめえ」

岡っ引の辰治が、からかうように言った。

下谷御切手町から、下谷坂本町に向かう道である。

お咲が手で腹部を撫でながら言った。

「最初は、五杯は軽くいけると思っていたのですがね。二杯目の途中から、ちょいと苦しくなってきまして。でも、せっかくだからと三杯目を頼んだのですよ。でも、三杯目は苦痛でしたね。頼んだのを後悔しました。まさか、残すわけにはいかないし。あたしは、脂汗を流しながら最後まで食べたのです。ああ、胸焼けがする」

「おいおい、金沢屋の汁粉はよほど、まずいようじゃねえか」

「いえ、そんな意味じゃありませんよ。

おいしいものは、もっと食べたいなくらいのところでやめておくのがいいと、よく言うではありませんか。それと同じですよ。あたしは汁粉は好きですが、当分のあいだは、見るのもいやですね」

「おめえ、なかなか含蓄《がんちく》のあることを言うな」

辰治が愉快そうに笑った。

さきほど、お咲が金沢屋に辰治を訪ねてきて、「男を見つけた」と告げた。

約束どおり、無料で汁粉の食べ放題をしたあと、辰治を案内して下谷坂本町に行くところである。

歩きながら辰治が言った。

「ところで、おめえ、相手に気づかれなかったろうな」

「気づかれていないと思いますけどね。

鰯屋《いわしや》という薬屋なんですよ。通りから見て、店の中にいる三十なかばくらいの男が、あたしは似ているなと思いましてね。近づいてよく見るため、店先まで行ったんですよ。すると、手代らしき若い男が、

『へい、いらっしゃりませ』

と、愛想よく声をかけてきましてね」

「例の男とは別な男だな」

「へい。それで、あたしもなにか言わなきゃならないので、とっさに、

『月の障《さわ》りがひどくって、なにかよい薬はないかい』

と言ったのです。

するとその手代がいろいろ薬を勧めてきたのですがね。あたしは値段を聞いてから、財布の中を見て、

『あら、持ちあわせがないわ』

と、恥ずかしそうに言って、逃げるように帰ってきたのです。とんだ恥をかきました」

「ほう、おめえ、なかなか機転が利くな」

「そんなわけで、近くで男の顔をちゃんと確かめてきました」

「ふむ、なるほど。まず、間違いないな」

「親分、そこですよ」

お咲が指さした店先には、

鰯屋
薬種

と書かれた、壺型の大きな看板がさがっていた。暖簾には、紺地に「いわしや」と白く染め抜かれている。

　道に立ち、辰治がささやく。

「いるか」

「へい、店先にお武家さまが腰をかけていますね」

「うむ、羽織袴のお武家だな」

「向かいあって座り、お武家さまの相手をしている男です」

「ほう、あの野郎か」

　にこやかな表情で武士に応対している男は、羽織を着ていた。だが、鰯屋の主人ではなく、番頭のようである。

（う～ん、どうするか）

　辰治は武士が去ったあと、つかつかと店に行って十手を見せ、「おい、ちょいと、そこまで付き合ってくんな」と、番頭を近くの自身番に引っ張っていくことを考えた。

　だが、いまひとつ、確信が持てない。

お咲の目撃証言に、どれほどの信頼性があるのだろうか。

さらに、商家の住み込みの番頭が夜中にひとりで出歩いていたのは、やはり不自然である。

それらを勘案すると、すぐには踏みきれない。慎重に地固めをしたほうがいい気がしてきた。

「親分、どうするんですか」

お咲が小声で急《せ》かした。

辰治は重々しく、

「まあ、待て。『急いては事を仕損ずる』と言ってな」

と、講釈場で聞き覚えた金言《きんげん》を述べながら、懸命に考える。

お咲が辰治の肘をつついた。

「おや、親分、丁稚どんが風呂敷包みを首にからげて出てきましたよ。使いに行くようですね」

辰治は丁稚の姿を見て、途中で呼び止めることを考えた。脅して丁稚の口を割らせるのは、自信があった。

だが、きっと丁稚はあとで、岡っ引に根掘り葉掘り聞かれたことを番頭に告げるであろう。すると、番頭が逃亡する恐れがある。

ここは、女であるお咲の出番だった。

「よっし、おめえ、あの丁稚を誑《たら》しこめ」

「えっ、下谷山崎町まで引っ張っていくのですか」

「おい、早とちりするな。ひっぱり商売をしろとは言ってねえ。

あの丁稚を呼び止め、番頭のことを尋ねるのだ。おめえは男と女のあいだをつなぐ取り次ぎ女という趣向で、番頭のことをあれこれ尋ねるのさ。丁稚は、番頭の色事がらみと思うだろうよ。

しかし、しゃべらせるには、それなりの銭《ぜに》が必要だろうな」

「あたしは銭なんぞありませんよ」

お咲があわてて言った。

辰治は財布から四文銭や一文銭などを取りだし、合わせて二十文ほどを渡す。

「最初に、丁稚の着物の袂に入れてやりな。そのとき、ちゃりんちゃりんと、銭の音を聞かせるように入れてやるがいいぜ。丁稚はけっして断ったり、逃げだしたりはしないはずだ。

さあ、おめえの腕の見せどころだぜ」

「しかたありませんね」

お咲が渋々《しぶしぶ》という様子で、丁稚に近づいていく。

やや離れた場所に、辰治はたたずんでいた。

見た様子では、お咲の質問に対し、丁稚はかなり協力的なようである。

（やはり女というのと、最初に銭の音を聞かせたのがよかったたな）

辰治はにんまりした。

しばらくして、丁稚がぺこりと頭をさげたあと、歩き去る。こころなしか、その足取りが軽い。

（ふふ、さっそく買い食いをするつもりだな）

商家の住み込みの丁稚は、最低限の衣食住こそ保証されているが、給金はなく、三食も質素である。そのため、使いなどに行った先でもらった駄賃を貯めておいて、やはり使いの行き帰りに屋台店で買い食いをするのが楽しみなのだ。

「親分、いろいろわかりましたよ」

お咲の顔に得意げな笑みがある。

辰治は道の端に移った。

「名はわかったのか」

「へい、伝兵衛《でんべえ》さんです。通いの番頭だそうですよ」

「ほう、通いということは所帯持ちか」

辰治もいささか驚いた。

商家の奉公人は住み込みのため、結婚はできない。四十歳近い番頭でも住み込みで、独り身の者は珍しくなかった。

そんななか、三十代なかばの伝兵衛は通いを許されていたのだ。鰯屋の主人の信任の厚いことがわかる。

また、店に住み込みでなければ、夜中にひとりで自由に歩きまわるのも可能であろう。

「へい、女房と子どもふたりがいるようですよ」

「家はどこだ」

「その稲荷新道だそうですがね」

お咲が指で、表通りから奥に入る道を示した。

表通りから入るのは、裏長屋の路地と同じである。だが、新道は路地より道幅が広く、両側には戸建ての家が並んでいた。

「生まれはどこか、わかるか」

「下総《しもうさ》（千葉県北部）の百姓の倅《せがれ》だそうですがね、丁稚奉公からはじめて番頭までのぼりつめたようです。そのうち、暖簾分けで新しい店の主人になるとみられているとか」

「ふうむ、百姓の小倅が店の主人になるとは、出世だな」

辰治は、易者の石川仙道の鑑定を思いだした。

たしかに、手形の主が出世するというのは当たっている。

「それにしても、おめえ、なかなかの腕だな。よく聞きだしてくれた」

辰治はお咲を見直した気分だった。

歩きながら、口調をあらためて言う。

「おめえ、わっしの手下にならねえか。たいした金は払えねえが、その代わり守ってやるぜ。やくざ者や、たちの悪い男と揉めたときは、わっしが出ていって、十手でぶちのめしてやる」

「子分ですかぁ。あたしも仲間内で、ちょいといい顔ができますかね」

お咲は、満更《まんざら》ではない気分のようだ。

辰治はお咲と別れたあと、稲荷新道の伝兵衛の家を確かめるつもりだった。

四

湯島天神門前の沢村伊織の家に春更がやってきたのは、最後の患者が帰ってしばらくしてからだった。伊織の手が空くのを見はからい、やってきたのであろう。

「次の一の日まで待ちきれなかったものですから」

そう言いながら、春更があがってきた。

伊織は診察の道具を片づけ、あらためて座る。

「急な用事か」

「急用というわけではないのですが。検疑会《けんぎかい》が再開しそうでしてね」

「え、しかし、もう霜枝《そうし》さんはいないぞ」

伊織が驚いて言った。

そもそも春更は戯作者としての号であり、本名は佐藤鎌三郎《さとうかまさぶろう》といい、北町奉行所の与力の三男坊だった。長男が佐藤家の家督を継いだことから、春更は八丁堀の屋敷を出て、須田町のモヘ長屋で独り暮らしをしていたのだ。

あるとき春更は、やはり北町奉行所の与力だったが、すでに隠居している霜枝と偶然、出会った。

　そして四方山話《よもやまばなし》をするなかで、霜枝は現役時代に扱った事件について、隠居後、疑問を感じていることがあると述べた。そこで、春更の発案で「検疑会」が生まれた。蘭方医の伊織を巻きこみ、三人で疑問を検証しようというのだ。

　ところが、過去の事件を再検証していたことが仇《あだ》となり、霜枝は非業《ひごう》の死を遂げた。その結果、検疑会もいつの間にか自然解散になっていたのだ。

「なんと、先生、嬉しいではないですか。八丁堀の一部で、検疑会はけっこう話題になっていたようなのです」

　春更が顔をほころばせる。

　八丁堀には、町奉行所の与力と同心の屋敷が蝟集《いしゅう》していた。隠居や現役を問わず、与力や同心の一部で検疑会が話題になっていたのであろう。

「ふうむ、しかし、再開とはどういうことか」

「北町奉行所の元同心で、いまは隠居の山崎庄兵衛《やまざきしょうべえ》という方が、モヘ長屋に私を訪ねてきましてね。八丁堀の佐藤の屋敷で、住まいを教えてもらったそうです。

　山崎さまの用件は、先日、連雀町の佐々木久庵先生の家の縁の下から掘りだされた頭蓋骨についてでした」

ここで春更がひと呼吸、置いた。

相手の好奇心を否が応でも高めさせるためであろう。春更の話術は、なかなか巧妙である。

ここまで知ると、伊織も聞き捨てにはできない。

「元同心ということは、かつて自分が関与した事件にかかわりがありそうだということか」

「はい、まさに、そうなんですよ。山崎さまが言うには、

『いまさら、どうしようもないのはわかっておるが、せめて真相はどうだったのかを知りたい。疑問をいだいたままでは、死んでも死にきれぬ』

とのことでしてね。

それで、検疑会を開催し、先生も交えて三人で事件をあらためて検証し、謎を解こうというわけです」

「どういう事件だったのか」

「かつて、あの場所で人が殺され、山崎さまは定町廻り同心として検使をしたそうなのです。それ以上は、わたしも知りません。くわしいことは検疑会の席で、山崎さまが説明するそうです」

「ふうむ、謎があるわけだな。そうか……」

　春更の手の上で踊らされている気がしないでもなかったが、やはり謎があると聞くと、鬱勃《うつぼつ》として興味が湧いてくる。

「掘りだされた頭蓋骨については、私も検分をしているので、まったく無縁ではないからな。少なからぬ責任もある」

「では先生、ぜひ、検疑会を再開しましょう」

「今度は、どうやるのだ」

「以前と同様、一の日、先生の診療が終わった八ツ（午後二時頃）過ぎからではどうでしょうか」

「うむ、そうだな」

　同意しながら、伊織がふと台所に目をやると、お繁がこちらを見ていた。

　その目を見て、伊織は妻の問いかけに気がついた。

「そろそろ夕飯だが、どうだ、そなたも食べていかぬか」

「え、それは嬉しいですね。喜んでいただきます。さきほどから魚を焼く匂いがただよってきて、口の中に唾が湧いておりました」

　春更は破顔一笑する。

伊織がお繁に言った。

「春更に夕飯を用意してやってくれぬか」

「はい、承知しました」

お繁が満足そうに微笑んでいる。

まさに夫婦の以心伝心だった。


「たいしたものは、ありませんよ」

そう言いながら、お繁が春更の前に膳を据える。

膳の上には、冷飯の湯漬け、鰯の塩焼き、それに沢庵がのっていた。冷飯は、朝炊いた飯の残りである。

それでも、独り暮らしの春更にしてみれば、夕飯は冷飯の湯漬けに沢庵だけということも珍しくないであろう。魚が膳にのっているだけで、充分にご馳走《ちそう》に違いない。

春更はいかにもおいしそうに夕飯を平らげた。

食事を終えたあと、伊織が茶を飲みながら、

「そういえば、先日、同心の鈴木順之助さまの検使に呼ばれてな」

と、上野二丁目の裏長屋で起きた、ひっぱりの殺害事件を話しはじめた。

無残に腹が裂かれ、胆嚢が抜き取られていた状態を語っていて、伊織はハッと気づき、

「すまん、食後だったな」

と、あわてて口を閉じた。

自分の悪趣味に苦笑する。

（あとでお繁に、『岡っ引の辰治親分に似てきましたね』と叱られるかもしれぬな）

ところが、春更はいっこうに気にしていない。

目を輝かせて、先をうながす。

「そんなすごい検屍だったのですか。わたしは先生のお供をしたかったですね。残念です。で、それから、どうなったのですか」

春更の熱意に押され、伊織は話を続けた。

実際に現場で死体を見たら、きっと春更は青ざめていたに違いないのだが、話や文章では平気である。と言うより、伊織の話を聞きながら、頭の中でさまざまな想像をめぐらせているのであろう。

聞き終えるや、春更は感に堪えぬように言った。

「肝と胆の違いですか。じつにおもしろいですね。

肝は音読みが『カン』、訓読みが『きも』、しかし実態は肝臓。

胆は音読みが『タン』、訓読みが『きも』、しかし実態は胆嚢。

唐土《もろこし》（中国）の春秋時代、越王勾践《えつおうこうせん》が敗戦の屈辱を忘れず、ついに宿敵の呉王《ごおう》夫差《ふさ》を滅ぼした、『臥薪嘗胆《がしんしょうたん》』という熟語があります。そのなかの『嘗胆』は、苦いきもを舐《な》めて身を苦しめ、復讐を思いだすということですが、この『きも』は胆嚢だったことになりますね。

子どものころ漢籍を学んでいて、師匠が『苦いきもを舐める』と解説していたので、わたしは肝臓は苦いのだと思いこんでいました」

「同心の鈴木さまも同様な誤解をしていたようだぞ」

「しかし、肝と胆は相性がよいのか、つがいで用いられることが多いですね。

『肝胆相照らす』は、たがいに心の底まで打ち明けて親しく交わること。

『肝胆寒し』は、怖れてぞっとすること。

『肝胆を砕く』は、非常に苦心すること。

調べれば、まだまだあるかもしれません」

戯作者だけに、春更の語彙《ごい》は豊かである。

伊織もひとつ、思いだした。

「そういえば、『肝脳地に塗《まみ》る』があったな。肝臓も脳も土まみれになる意味で、むごたらしい死に方のことだ。ただし、肝胆ではなく、肝脳だがな。

検屍した女は土まみれでこそなかったが、まさにむごたらしい死に方だったぞ」

「腹を裂かれたのですからね……。

そういえば、唐土の南宋《なんそう》のときに成立した『棠陰比事《とういんひじ》』という裁判実話集がありましてね。そのなかに、こんな話があります——。

ふたりの男が一羽の鶏を取りあい、それぞれが自分のものだと主張して譲りません。ついに役人に訴え出ました。

役人が質問しました。

『今朝、鶏になにを食わせたか』

すると、ひとりは、

『粟《あわ》を食わせました』

と答え、もうひとりは、

『豆を食わせました』

と、答えました。

そこで、役人が部下に命じて鶏を殺し、その胃袋を裂かせてみたところ、豆が出てきたので、粟と答えた男は罰せられた。

――ということです」

「ふうむ、片方の嘘を見抜いた点では見事だが、鶏を殺してしまうのはちと乱暴だな。鶏の飼い主は泣くに泣けぬであろうよ」

「たしかに、そうですね。唐土の役人が下々《しもじも》の人間を人間と思っていないのは、我が国の役人以上のようです。

ところで、この『棠陰比事』の影響を受けたと言いましょうか、触発されたと言いましょうか、井原西鶴が『本朝桜陰比事《ほんちょうおういんひじ》』という裁判説話を書いております。また、滝沢馬琴が戯作『青砥《あおと》藤綱《ふじつな》摸稜案《もりょうあん》』を書いております」

話を聞きながら伊織は、春更は検疑会や伊織の検屍に同行することで、西鶴や馬琴の向こうを張って戯作の題材を得ようとしているのだと思ったが、口にはしなかった。

「それはそうと、辰治親分が易者に会って、手相のことはなにか判明したのですか」

「いや、そのあと、親分には会っていないのでな」

春更の好奇心はとどまるところを知らない。

話題は次々と変わり、ようやく腰をあげたときには、すでに外は暗くなっていた。

けっきょく、春更は提灯を借りて帰っていった。

五

「ほう、ちょいと前まで、春更さんがいたのですか。途中で会いませんでしたけどね」

岡っ引の辰治が言った。

湯島天神の参道ですれ違うことはなかったようだ。それとも、暗くて気がつかなかったのだろうか。

沢村伊織は、辰治の来訪の理由はほぼ察しがついた。連続ひっぱり殺しに、なんらかの目途《めど》がついたのであろう。

辰治が煙管で煙草をくゆらせたあと、話しはじめた。

「下谷坂本町に鰯屋という薬屋がありやすが、そこの伝兵衛という通いの番頭を召し捕りやした」

「ほう、薬屋の番頭なら、熊胆は熊の胆嚢から作るのを知っていたはずですな。それで、その伝兵衛とやらは、三人の女を殺して胆嚢を取り去ったのを認めたのですか」

「じつは、ひっぱりをしていた女のひとりが、たまたま道で顔を見て、伝兵衛に違いないと言いやしてね。しかし、わっしもいまひとつ、確信が持てないものですから、まず身辺を調べていたのです。

するど、伝兵衛の野郎、自分が目をつけられているのに気づいたようなのです。下手をすると、逃げだしかねません。江戸の外に逃亡されると厄介ですからな。

そこで、今日、思いきって伝兵衛を召し捕ったのです。ところが、伝兵衛はひっぱり殺しを頑《がん》として認めないのですよ。まあ、わっしもちょいと痛い目に遭わせたのですがね、知らぬ存ぜぬをつらぬいていますよ」

辰治が渋い表情をした。

伊織は、辰治の勇み足ではないかと言う気がした。

伝兵衛が殴る蹴るで自白を迫られているとしたら、あまりに気の毒である。冤罪を見過ごすことはできない。

「親分、決定的な証拠があるではありませんか。

通いの番頭ということは、自分の家があるわけですね。その家を調べ、人間の胆嚢が陰干しされているのを見つければよいではありませんか」

「わっしも、そのへんの抜かりはありやせんよ。野郎の家は、下谷坂本町の稲荷新道にある二階建てですがね。わっしは子分とふたりで家捜しをして、干してある胆嚢を探したのです。

しかし、見つかりませんでした」

辰治が無念そうに言う。

伊織は急に不安になってきた。

「すると、いま伝兵衛どのは……」

「今夜は下谷坂本町の自身番に拘留します。わっしの手下が八丁堀の鈴木の旦那に、『怪しい男を召し捕った』と、知らせにいきやしたのでね。

明日、鈴木の旦那が自身番に巡回に来たとき、伝兵衛の身柄を引き渡します」

聞いていて、伊織はますます不安が高まった。

ひっぱりをしていた女のあやふやな証言のほか、確たる証拠がなにもないなか、定町廻り同心の鈴木順之助に引き渡すのは、小伝馬町の牢屋敷に連行して、伝兵衛を拷問にかけるということだろうか。

正式な拷問には笞打《むちうち》、石抱《いしだき》、海老責《えびぜめ》、釣責《つりぜめ》の四種があり、すべて牢屋敷内でおこなうのが定めだった。

拷問にかけることで自白させようというのは、あまりに安易かつ強引と言えよう。

そんな伊織の危惧がわかったのか、辰治がニヤリとした。

「じつは、伝兵衛の野郎に、ぎゃふんと言わせる秘策がありやしてね」

「ほう、なんですか」

「手相ですよ。山下に、石川仙道という易者がいましてね。わっしは、血の手形が残った畳を見せて、話を聞いてきたのです」

そして、辰治が手相について得得《とくとく》と語りだした。

伊織はじっと傾聴する。

そもそも手形に着目したのは伊織だが、易者に見せることを思いついたのは鈴木であり、実際に易者に面会し、必要なことを聞きだしてきたのは辰治である。手相が利用できる、場合によっては決定的な証拠になるとわかり、伊織も興奮してきた。

画期的な手法と言えるかもしれない。

「では親分、血の手形と伝兵衛どのの手相を照合するわけですか」

「へい、そのつもりでしてね。しかし、うっかり仙道の家がどこかを尋ねるのを忘れていましてね。それで、今夜のうちに連絡することはできやせん。明日の朝、子分を山下に走らせ、仙道を下谷坂本町の自身番に引っ張ってきやす」

「すると自身番で、鈴木さまと親分を前にして、仙道どのが伝兵衛どのの手相と血の手形の鑑定をするわけですか。

うーん、それはじつに興味深いですな。まさに興味津々です」

「どうです、先生も見物に来ませんか。

動かぬ証拠を突きつけられ、伝兵衛が、

『畏れ入りました。あたくしが殺したことに間違いございません』

と平伏する場面を、目のあたりにできやすぜ」

「はい、では、私もまいります」

伊織は即座に決めた。

手相と血の手形の照合が決め手になることに興味があったのはもちろんだが、それ以上に、心配があったのだ。

というのは、仙道が「同一人物とは断定できない」と、曖昧な判定した場合である。

それを受けて鈴木と辰治があっさり引きさがればいいが、では拷問にかけるしかないという事態に発展する恐れがあった。そんなとき、自分がいれば、鈴木や辰治を諫《いさ》めることができよう。

伊織は冤罪を防ぐためにも、同席するつもりだった。

「そうですか、先生が顔を出せば、なにかのときに心強いですからな。

まあ、明日が楽しみですぜ。

伝兵衛の野郎には、血の手形や手相のことはなにも教えていませんからね。明日はさぞ、目を白黒させるでしょうよ」

辰治が帰っていったあと、伊織は、

「湯屋に行きそびれてしまったな」

と、ぽつりとつぶやいた。

さきほど、妻は湯屋に出かけたようだ。まもなく、帰ってくるであろう。

普段であれば、お繁は下女のお熊と連れだって出かける。だが、辰治がいたため、お熊は残ったのだ。おそらく、「おかげで湯屋に行きそびれた」と、辰治の長居に憤懣やるかたない気分かもしれない。

伊織は頭の中で、辰治から聞いた話を反芻《はんすう》する。

やはり、釈然としないことがあった。

それは、伝兵衛の家で胆嚢が見つからなかった事実である。

（家の中でなければ、どこに隠したのか……）

考えれば考えるほど、疑問が生じる。

というのも、壺に入れて密閉して地面に埋める、あるいは箪笥の抽斗《ひきだし》の奥や、天井裏に置くなどという隠し方はできない。胆嚢は、陰干ししなければならないのだ。

（薬屋の番頭なら、熊胆は熊の胆嚢を陰干しして作ることを知っていたはず）

となると、直射日光のあたらない、かつ風通しのよい場所である。とりもなおさず、人目につきやすい場所と言ってもよかろう。

ところが、辰治と子分が家捜ししても、見つけることができなかった。辰治はこうした探索には習熟しているはずである……。

(もしかしたら、伝兵衛は無実なのではあるまいか)

そもそも、ひっぱりをしていた女が道で目撃して、「あの男だ」と証言したのは、あまりにうまくいきすぎと言おうか。女の目撃証言に、どれほどの信頼性があるのか。はなはだ疑問だった。

そのとき、ふと、連雀町の漢方医・佐々木久庵の家に出向いたときのことが頭に浮かんだ。頭の中がもやもやしている。

(待てよ……)

伊織は当日の情景を思いだす。

「そうだ」

思わず声をあげる。

伊織は、胆囊が陰干しされている場所がわかった気がした。

六

低い柵の内側には、玉砂利が敷き詰められている。

敷地の右手の柵のそばに、捕物の三《みつ》道具である突棒《つくぼう》、刺又《さすまた》、袖搦《そでがら》みが立てかけられ、自身番の威厳を示していた。

建物は平屋で、入口の引違えの腰高障子には、一枚に「自身番」、もう一枚に「下谷坂本町」と筆太に書かれていた。

三尺（約九十一センチ）の式台が、建物から張りだしている。

式台には、定町廻り同心・鈴木順之助の供をしている中間の金蔵が腰をおろしていた。

玉砂利を踏みしめる沢村伊織の足音に気づいたのか、岡っ引の辰治が腰高障子の陰から顔を出した。

「先生、ご苦労ですな。どうぞ、あがっておくんなさい」

伊織があがったところは、畳三枚敷きの部屋だった。

部屋の隅に火鉢と茶道具、それに小机が置かれている。

鈴木はすでに着座し、煙草盆を前にして悠然と煙管をくゆらしていた。

挨拶をしながら、伊織はやや奇異に感じた。というのも、自身番には町役人など合わせて五人が常駐することになっているのだ。にもかかわらず、部屋にいるのは鈴木と辰治だけである。

鈴木は、伊織の訝《いぶか》しげな表情に気づいたようだ。

「自身番を、いわば借り切りにしましてね」

「そんなわけですから、先生、茶が飲みたかったら手酌《てじゃく》でやってくださいな」

辰治がおどけて言った。

三畳の部屋の奥に、やはり三畳ほどの広さの、窓なしの板の間があった。普段は腰高障子で閉じられているが、薄く開けられていたので、伊織にも男がうなだれて座っているのが見えた。

男は、板壁に取りつけられた鉄製の鐶《わ》に通した縄で、身体を縛られている。昨日、辰治に召し捕られた、鰯屋の番頭の伝兵衛に違いない。

疑わしき人間を拘留した場合、自身番は大変だった。拘留した人間を巡回に来た同心に引き渡すまで、食事や用便の世話をするのは町内の責任だったのだ。もちろん、逃亡を許したりすれば厳罰に処せられる。

同心に引き渡すまで、自身番に詰めた人間は気の休まるときがなかった。

鈴木が自身番を借り切りにしたのは、詰めている町内の者にしばし骨休めをさせる意図があるのかもしれない。

「わっしの子分が山下に、易者の石川仙道を呼びにいっています。もうすぐ、現れるはずですぜ」

辰治が言った。

伊織が小声で尋ねた。

「まだ自供はしていないのですか」

「へい、殊勝なようでいて、妙にふてぶてしいというか、落ち着き払っているというか」

辰治がささやきながら、首をひねっている。

伝兵衛の態度が無実を意味するのか、それとも有罪を意味するのか、伊織に判断はつかなかった。

鈴木は無言で煙管をくゆらせている。なにか、思案をめぐらしているようだ。

それとも、なにか迷いがあるのだろうか。

「親分、戻りましたぜ」

辰治の子分に案内されて、易者の仙道が登場した。

自身番に出頭するのはもちろん、町奉行所の役人の前に出るのは初めてなのか、仙道はやや緊張しているようだった。

辰治が緊張をほぐすように声をかける。

「商売の邪魔をして悪かったな。おめえさんの助けが必要になったのよ。まあ、あがってくんな」

部屋にあがった仙道が、鈴木や伊織と挨拶を交わす。

挨拶が終わるや、辰治がさっそく、

「奥でふん縛られている男——伝兵衛という野郎ですがね、あの伝兵衛の手相を観てくださいな」

と言いながら、板敷きの部屋に導く。

仙道のあとに、鈴木と伊織も続いた。

「これと見くらべておくんなさい」

辰治がふところから、血の手形が残された畳表を取りだし、床の上に置いた。

伝兵衛の視線が動いた。

努めて無表情をよそおっていたが、手形を見る目にはあきらかに動揺がある。心あたりがあるのであろうか。

仙道はうなずいたあと、

「右手を出してくだされ」

と言い、伝兵衛の右手を取り、手相をじっくりと観察した。

辰治は早く結果を知りたいのか、じりじりしているようだ。

伊織も早く知りたかったが、仙道は落ち着き払っている。

「親分、紙に墨で手形を押したいのですがね」

「おめえさん、もうわかったのではないのかい。そんな手間暇をかけなくてもよかろうよ」

「いや、ここは慎重にいきたいのです」

仙道は多くは語らない。

しかし、自分の判定で伝兵衛が処刑されるか、無罪放免になるかが決まると察しているのであろう。責任の重さで押しつぶされそうな心境かもしれない。

伊織は仙道の心の動きが、痛いほどにわかった。辰治に強引に引きこまれたのを考えると、気の毒でもある。

やはり鈴木も、仙道の心理がわかったようだ。

「おい、辰治、墨で手形を押してやれ」

「へい、かしこまりやした」

自身番の小机には筆記道具と紙が常備されている。

辰治が筆と硯、それに紙を伝兵衛のそばに持参した。そして、伝兵衛の右手のひらに筆で墨を塗った。

「おい、ここに、手形を押せ」

伝兵衛はとくに抵抗することもなく、手のひらを紙に押しあて、手形ができた。

仙道が、血の手形と墨の手形を並べて置き、じっくりと見ていく。

伊織はそばでながめながら、似ているといえば、似ていると思った。だが、人の手形はみな似たようなものと思わないわけでもない。同一人物と断定する自信は、とうていなかった。やはり、これまで手相に関心がなかったからだろうか。

ややあって、仙道がきっぱり言った。

「このふたつの手形は、同じ人間のものです」

「つまり、上野二丁目の長屋の畳に残されていた血の手形と、この伝兵衛の手形は一致したということですな」

辰治が、してやったりという笑みを浮かべた。

伝兵衛の顔が青ざめている。自分が残した血の手形がこういう検証になるとは、想像もしていなかったに違いない。

「おい、聞いてのとおりだ。こちらの先生は長年、大勢の手相を観てきた。その先生の鑑定だから間違いない」

「しかし、畳や紙に押した手形など、どれも同じに見えるのではないでしょうか」

伝兵衛はまだ陥落しない。

辰治は歯ぎしりしていた。

そのとき、伊織はいまこそ自分の推理を確かめるときだと思った。昨日、佐々木久庵の家から連想した隠し場所である。

「親分、ちょいと」

伊織は辰治に声をかけて呼び寄せると、耳元にささやいた。

「なるほど、それは気がつきやせんでした」

たちまち辰治の顔が明るくなる。

鈴木に耳打ちしたあと、辰治は子分を引き連れて自身番を飛びだしていった。

＊

「旦那、先生、ありやしたよ」

辰治が意気揚々《いきようよう》と自身番に戻ってきた。

ふところから手拭の包みを取りだすや、伝兵衛の前に広げる。

しなびた茄子のような物体が三つ、現れた。それぞれ、糸がついている。

「おい、てめえの家で見つけたぜ。縁側の下にぶらさがっていたよ。

もう、言い逃《のが》れできねえぜ」

「へい、畏れ入りました」

伝兵衛がついに認めた。

だが、これほどの証拠を突きつけられても、まだどこか余裕があるようだ。そんな伝兵衛の落ち着きに、伊織は奇異な気がしてならなかった。

鈴木が伊織に、感じ入ったように言った。

「どうして、縁側の下と気づいたのですか」

「陰干しは、直射日光のあたらぬ、風通しのよい場所でおこないます。それで、縁の下に吊るしているのではないかと思ったのです」

佐々木久庵の家の縁側の下から頭蓋骨が見つかったことには、あえて言及しなかった。じつは伊織は、久庵の家の縁側から連想したのである。

辰治は自分が見逃していた失策はさしおいて、上機嫌だった。

「わっしと子分は先日、家捜しをしたのですがね。縁の下もいちおうのぞいたのですが、地面のほうばかり見ていました。薄暗かったので、上から糸でぶらさがっていたのは気づきませんでしたよ。まあ、迂闊でしたな。先生に指摘されて、ハッと気づいたしだいでして」

鈴木が居住まいを正し、伝兵衛に言った。

「そのほうが下谷山崎町、下谷同朋町、そして上野二丁目で、ひっぱりをしていた女三人を殺害し、腹部を裂いて胆嚢を抜き取っていたことに相違ないな」

「はい、相違ございません」

「なんのために胆嚢を抜き取ったのか」

「あるお方に頼まれたのです」

「あるお方とは、誰か」

「お武家さまです」

そばで聞いていて、伊織は胸に形容しがたい不安が広がるのを覚えた。伝兵衛の落ち着きの背後には、やはりなにか巨大な存在があるようだ。

鈴木もさきほどから得体の知れない不気味さを感じ取っているのか、口調に興奮はない。慎重に尋問を続ける。

「その武家の姓名を述べよ」

「徳永勘十郎《とくながかんじゅうろう》さまです」

「幕臣か、諸藩の家中か」

「外桜田にお屋敷のある、お旗本の水野美濃守忠篤《みずのみののかみただあつ》さまのご家来です」

自身番の中の空気が、一瞬にして冷えたかのようだった。

伊織も内心、アッと叫びそうになった。

町医者である伊織ですら、水野忠篤は知っていた。十一代将軍家斉の御側御用取次で、寵臣のひとりである。

家斉に信任されているのを利用して、水野が賄賂《わいろ》を貪《むさぼ》っているのは巷間の噂だった。外桜田の水野の屋敷には、各種の陳情をする武士や商人が詰めかけているという。

そして徳永は、その水野の家臣なのだ。

つまり、伝兵衛の背後には徳永、徳永の背後には水野、水野の背後には家斉がいることになろう。

先日、辰治が冗談に言った、人胆を求めているのは将軍家斉ではないかという説が、にわかに真実味を帯びてくる。

水野の名を口にしたあと、伝兵衛は頬にうっすらと笑みを浮かべていた。待ちに待っていた、逆襲の瞬間だったのに違いない。

鈴木があくまで平静な声で言った。

「そのほう、徳永勘十郎どのに依頼されたことを証明できるか」

「徳永さまはあたくしに依頼するにあたり、十両を前払いしてくださいましてね。その際、あたくしは徳永さまに、十両の受け取り証文をお渡ししました。

徳永さまに尋ねていただければ、あたくしが署名し印形を押した証文を確かめることができるのではないでしょうか」

言葉はへりくだりながらも、いまや伝兵衛は傲然と胸を張っている。水野の名を出したことの効果を嚙みしめていると言おうか。

（伝兵衛には切り札があったということか）

伊織はこれで、伝兵衛の不思議な落ち着きの理由がわかった気がした。

　鈴木が辰治を手招きし、小声で言った。

「聞いてのとおりだ。ちょいと、ややこしいことになったぞ。というより、拙者の手にあまる。拙者はこれからすぐに奉行所に戻る」

　南町奉行は筒井《つつい》和泉守《いずみのかみ》政憲《まさのり》である。鈴木は奉行の筒井に報告し、相談するつもりなのに違いない。

「辰治、てめえと子分はここにとどまり、交代で伝兵衛を見張れ。拙者から指示が届くまで、絶対に目を離すな」

　続いて、鈴木は伊織と仙道に言った。

「ご苦労でしたな。これで、お引き取りいただいてけっこうですぞ。これからは、われらでやります。というより、われらでやらざるをえませぬからな」

「鈴木さま、その前に伝兵衛どのにひとつ、質問してもよろしいでしょうか」

　伊織はずっと疑問に感じていたことがあったのだ。

　立ちあがりかけていた鈴木が腰をおろした。

「かまわんですぞ。先生が尋問するとあれば、拙者も聞きましょうか」

　伊織が問いかける。

「私は上野二丁目の死体を検屍した医者です。じつは、釈然としないことがありましてね。おまえさんは死体の横の畳に血の手形を残していましたが、なぜ、そんなことをしたのですか」

伝兵衛が不敵な笑みを浮かべた。

「ああ、あれですか。最初は下谷山崎町でしたかな、あのときは身体がよろめき、思わず畳に手を突いてしまったのです。雑巾で拭き消そうかとも思ったのですが、面倒ですし、手掛かりになるはずもないと考え、そのままにしておきました。するると、女房殺しとして、亭主が召し捕られたという噂を耳にしましてね。あたしは愕然としました。

このままにしておくと、亭主は拷問を受け、苦痛に耐えかねて、自分が犯してもいない罪を認めかねません。すると、打ち首でしょうな。そうなると、あまりに不憫《ふびん》です。

無実の人間を罪に陥れ《おとしい》、見殺しにしたとなれば、あたしも寝覚めが悪いですからね。

そこで、あたしはふたり目の女のとき、

『亭主は下手人ではないよ。本当の下手人はあたしだよ』

という意味をこめて、わざと畳に血の手形を残したのです。

三人目も同じです。三回も続けば、同じ人間の仕業とわかり、亭主は放免されるだろうと思ったものですから」

伝兵衛の説明は同時に、町奉行所の役人の粗雑な捜査や、強引な拷問への痛烈な皮肉になっていた。

鈴木も辰治も、苦汁を舐めたような顔をしている。耳が痛いどころか、胸をえぐられる気分かもしれない。

伊織がさらに尋ねた。

「すると、最初から三つの胆嚢を狙っていたわけではないのですか」

「はい、徳永さまから頼まれたのはひとつです。しかし、変な行きがかりから、三つも手に入れる羽目になりましてね」

そう言うや、伝兵衛が横目で鈴木をうかがっていた。その目には冷笑がある。

まるで、鈴木と辰治の見当違いの判断が、連続殺人を引き起こしたと言わんばかりだった。

鈴木と辰治は無言である。だが、腸《はらわた》が煮えくり返る気分であろう。

＊

伊織と仙道は連れだって自身番を出た。

「どちらまでお帰りですか」

「山下です。先生はどちらまで」

「湯島天神門前です」

「では、途中まで道は同じですな。一緒にまいりましょう。

ところで、わたしは先日、親分に血の手形を見せられ、手相について説明させられただけで、今日は急に呼びだされ、いったい、なにがなんだか、よくわからぬのですが」

伊織は同情を禁じえない。

仙道はまさに、辰治に振りまわされたに等しかった。

「そうでしたか。では、私が知っている範囲で、ご説明しましょう」

歩きながら、伊織が事件の発端から話して聞かせる。

聞き終えた仙道が、大きなため息をついた。

「ほう、そんな酸鼻《さんび》な事件だったのですか。女が腹部をえぐられて殺されたという噂は、ちらと耳にしていたのですがね。知らず知らずのうちに、わたしもかかわっていたわけですな。

ところで、伝兵衛どのは前金として十両を受け取っていたとのことですが、徳永さまにいくらで売るつもりだったのでしょうかね」

「さあ、それは本人に確かめないことにはわかりませんが、熊胆の値段から類推《るいすい》して、五十両くらいかもしれません」

「ほう、五十両ですか。すると、三つで百五十両ですな」

またもや仙道がため息をついた。

大道易者には、夢のような大金なのかもしれない。

伊織が言葉を継ぐ。

「そのへんは、私はちょっと引っかかっておりましてね。徳永さまが効果を確かめないうちに、三つも胆嚢を注文するのは不自然です。徳永さまの注文はあくまでひとつ。あとのふたつは、伝兵衛どのがひそかに売りさばくつもりだったのではないでしょうか」

「ほう、しかし、伝兵衛どのはあとのふたつの殺人は、最初に殺した女の亭主にかけられた疑いを晴らすためとか言っていましたぞ」

「まったくの嘘ではないと思いますが、殺人を続けたのは、やはり金が目的でしょうね。『ひとり殺すのも、三人殺すのも同じ。だったら、この際、金を稼ごう』――そんな気分だったのではないでしょうか」

そう述べながら、伊織は頭の一部で伝兵衛がどうなるかを考え、暗い気分になっていた。

（虎の威を借る狐、ということわざがある。公方さまの威を借る水野、さらに水野の威を借る徳永、そして徳永の威を借る伝兵衛……という図式か。

君子危うきに近寄らず、ということわざもあるが……）

奉行所は面倒を恐れ、伝兵衛を無罪放免にしてしまうかもしれない。事件そのものを未解決のまま、うやむやにしてしまうのだ。

なんとも後味の悪い結末ではなかろうか。少なくとも、殺された三人の女は浮かばれない。

いつしか、ふたりは無言で歩いていた。

「では、先生、わたしはここで」

仙道の声で、伊織は我に返った。

山下のにぎわいは、いつもと変わらないようだ。仙道はこれから占い稼業であろう。それにしても、辰治に呼びだされて半日分の稼ぎをフイにしたことになる。

第三章　検疑会

一

春更とともに現れた北町奉行所の元同心、山崎庄兵衛は羽織袴のいでたちで、腰に両刀を差していた。

そのため、一見しても隠居とはわからない。だが、頭はほとんど禿げていて、わずかに白髪の髷《まげ》が残っている。年齢は五十前くらいだろうか。

それにしても、両刀を差した山崎の姿に、伊織はやや違和感を覚えた。あくまで武士の身分を誇示したいのであろうか。

初対面の挨拶のあと、伊織が「山崎さま」と呼びかけると、あわてて手を横に振った。

「『さま』は、やめてくだされ。隠居でけっこうです。隠居と呼んでくだされ。

春更にも、そうしてもらっております」

「さようですか。では、『ご隠居』とお呼びしましょう」

伊織もこれからの付き合いを考え、気が楽になった。

須田町のモヘ長屋の診療所である。いよいよ検疑会が再開されたのだ。

山崎がどこから話そうかと迷っているのを見るや、春更が助け舟を出して、うながす。

「ご隠居は定町廻り同心として、神田一帯を巡回していたのですよね」

「さよう、では、そこから話したほうがよいでしょうか。

五年前の寒い時季でした。夜、多町《たちょう》で火事が起き、一帯に燃え広がったのです。多町は青物市場があるところですな。

もちろん翌朝、拙者は焼け跡を巡回しましたが、火元の多町はもちろん、西は新白銀町《しんしろがねちょう》まで、東は連雀町までが焼け野原になり、ここ須田町も一部が焼けたようでした。さいわい、死者はほとんどいなかったのですがね。

さらに、その翌日、拙者が巡回すると、早くも焼け跡のあちこちに仮小屋ができて、盛んに商売をしておりましてね。商人のたくましさには感心したものです。

連雀町には仮造りの自身番ができていました。町役人などが詰めて、焼けだされた人々の世話で大忙しのようでした。

拙者は役目ですから自身番に立ち寄り、

『番人、町内に何事もないか』

と、型通りの声をかけたのです。

火事のあとでごった返しているところへ、『何事もないか』は、あまりに能天気ですな。いま思うと、顔が赤らむ思いですがね。それはともかく。

顔見知りの、町内に吉兵衛《きちべえ》という町役人が出てきて、こう言いました。

『山崎さま、町内に変死人がありまして、ご検使をお願いします』

『変死人だと。火事のあとだぞ。焼け死んだのではないのか』

冷淡に聞こえるかもしれませんが、火事の焼死体でいちいち検使におもむいていたら、きりがありませんからな。

ところが、吉兵衛が声をひそめて言うのです。

『死体が焼け焦げているのに違いはないのですが、ちょいと妙なことがございまして。やはり、お役人にご検使をしていただいたほうがよいかと存じまして』

と、まあ、こんなやりとりを経て、拙者は吉兵衛の案内で現場に行ったわけです。

焼け跡の一画に、筵《むしろ》がかけられていましてね。案内の吉兵衛が、

『焼け跡を片づけていた鳶《とび》の者が見つけ、自身番に知らせてきたのです』

と言いながら、筵をめくりました。

仕事柄、焼死体は見慣れているのですが、拙者は思わず、

『なんだ、これは』

と、声をあげましたぞ。

その焼死体は首がなかったのです」

山崎が、伊織と春更の顔を順に見る。

自分の話がどう受け止められているのか気になるようだ。

春更がさっそく質問した。

「死体は女ですか、男ですか」

「黒焦げで、性別はわかりませんでした」

「生焼けならともかく、完全に炭になっていれば、性別はわからぬでしょうな」

伊織が補足した。

山崎が話を続ける。

「首がなかったことから、殺人と思われますな。それで、町役人も検使を願って

きたのですがね。首を切断されたあと、火事の炎に包まれたのでしょうな。すると、首はどこにあるのか。

拙者が手札を与えている長助《ちょうすけ》という岡っ引が同行しておりました。そこで、長助と鳶の者に命じて、首があったと思しきあたりの瓦礫を取りのぞいて調べたのですが、なにも見つかりませんでした。

先生、首だけが灰になり、跡形もなくなるということはありえますか」

「高熱で長時間焼かれた場合、完全に灰になることはありえるでしょうね。しかし、同じ炎だったのです。頭部だけ灰になるのは不自然です」

伊織が、炎に包まれたとき、首がすでに失われていたことを示唆した。

春更が勢いこんで言う。

「ということはですよ、男か女を殺しておいて、人相をわからなくするため首を切り離し、放火したのではないでしょうか」

「火をつけて死体を黒焦げにし、身元を不明にする意図だったとすれば、わざわざ首を切り離して持ち去る面倒はしないであろう」

伊織が、春更の推理の矛盾を指摘した。

山崎も春更説を明確に否定する。

「火事の経過を調べたところ、火元は多町の八百屋だったのはあきらかです。そして火ははじめ、新白銀町のほうに燃え広がっていたのです。ところが、急に風向きが変わり、連雀町に延焼したのです」

「すると、下手人は当初、首を切断してどこかに捨てる、あるいはどこかに埋めて死体の身元をわからなくするつもりだった。ところが予期せぬ火事で、首を失った身体は黒焦げになったことになりますね」

伊織が推理を述べる。

春更が叫んだ。

「そこです。首を地面に埋めたのです。その首こそ先日、漢方医の佐々木久庵先生の家の庭で見つかった、頭蓋骨ではないでしょうか」

山崎が満足げにうなずく。

「拙者が疑いを持ったのは、まさにそこなのです。

さて、話はいよいよ佳境《かきょう》に入りますが、その前に一服しませぬか」

山崎が持参した椿餅《つばきもち》を取りだした。

下女のお松が三人の茶を取り換える。

「ほう、口の中で甘さが露《つゆ》のように消えていきますな」

春更が椿餅の感想を述べた。

椿餅は餅であんこを包んだもので、二枚の椿の葉で上下をはさんでいる。

台所の隅で、お松も相伴《しょうばん》にあずかり、いかにも幸せそうに目を細めていた。

「これまでのところで、なにか疑問はありますかな」

話を再開するにあたって、山崎が言った。

伊織が質問した。

「黒焦げの死体の身元はわかったのですか」

「それが、まさにこれから話すことにつながるわけでしてね。

まず調べなければならないのが、焼け跡の家に住んでいたのは誰かという点です。死体は、その家の者と推定するのが自然ですからな。

もちろん、塀なども焼け落ちているので境界ははっきりしないのですが、吉兵衛や鳶の者たちがいろいろ協議して、太田屋《おおたや》という提灯屋ではないかという結論になりましてね。焼け跡をほじくり返していくと、提灯張りの道具なども見つかったものですから、太田屋の焼け跡と断定したのです。

太田屋は職人を数人住みこませており、かなり大きな提灯屋だったそうでしてね。拙者はそばで聞きながら、『提灯屋の太田屋』に引っかかりました。どこかで耳にしたような気がしたのですが、そのときは思いだしませんでした。

拙者は型通りの尋問をしました。

『太田屋の者はいま、どこにいるのか』

『そういえば、家財道具を大八車に積んで避難するのを目にしましたが、そのあとは見かけませんな。知人の家にでも、身を寄せたのではないでしょうか』

吉兵衛の答えを聞いて、拙者はこれ以上の調べは無理だと思いましてね。太田屋の者たちがいないのでは、聞き取りもできませんからな。

拙者が検使を切りあげて帰ろうとすると、吉兵衛が呼び止めましてね。そして、やや声をひそめて言ったのです。

『これは余談ですが、太田屋がお奉行所にお訴えをし、お裁きを求めたのはご存じですよね』

拙者はそれで思いだし、

『えっ、あの、兄が庶子、弟が嫡男の太田屋か』

と声を高くしておりました。

太田屋は北町奉行所に出頭し、裁きを受けたばかりだったのです。

『兄が庶子、弟が嫡男』は奇妙な表現かもしれませんが、太田屋の訴えを象徴しておりましてね。北町奉行所でも話題になっていたものですから、外まわりの拙者も小耳にはさんでおり、覚えていたのです」

「ほほう、太田屋はどんな訴えをし、どういうお裁きがくだったのですか。もしかしたら、お裁きに不満があり、それが殺人に結びついたのかもしれませんね」

春更は早く先を知りたくて、うずうずしているようだ。

山崎がことさらにゆったりとしゃべる。

「拙者はその場で吉兵衛から、太田屋のごたごたについて簡略に説明を受けたのですが、奉行所に戻ってから、あらためてくわしく調べたのです。

それは、次のようなものでした。吉兵衛の話と奉行所の記録を合わせ、わかりやすく物語ると考えてくだされ——。

——太田屋の主人は清兵衛《せいべえ》といい、腕のいい提灯職人だった。神社仏閣や、町内の祭りなどの大口の注文がひっきりなしで、数人の弟子を住み込みで抱えていた。商売は繁盛しており、かなり金を貯めているという噂もあった。

ただし、女房が病気がちだった。

清兵衛は女房が病弱で房事もままならないこともあったのか、住み込みの下女のお竹《たけ》に手を出した。そして、お竹が妊娠した。

女房は自分が子どもが産めないことを気に病んでいたので、お竹を追いだすことはなかった。お竹は無事、男の子を出産し、与一《よいち》と名付けられ、母子ともに太田屋で暮らすことになった。いわゆる、妻妾同居である。

ところが、まもなく女房が死んだ。

これを知って、町役人の吉兵衛ら町内の者が集まり、清兵衛に、

「すでに子どもまでいるのだから」

と、お竹を後妻にするよう勧めた。

清兵衛は周囲の勧めに従い、お竹を正式に後妻に迎えた。

妻となったあと、お竹はまたもや男の子を出産し、与次郎《よじろう》と名付けられた。

与一が十八歳、与次郎が十五歳のとき、清兵衛が病にかかり、あっけなく死んだ。

清兵衛にはとくに男の兄弟はいなかったことから、太田屋がこの先やっていけるよう、町役人の吉兵衛はじめ主だった町内の人間が集まった。そして、みなで調べてみたが、遺言状のようなものはなかった。

そこで、みなで立ち会って財産の状況を確認したあと、

「ここは世間の習慣に従い、金や家財道具は兄の与一に六割、弟の与次郎に四割の割合で分けるのがよかろう。また、母親のお竹は兄弟で孝行したらよかろう」

と裁定した。

ところが、弟の与次郎が納得せず、

「家も含めて、きっかり半分をもらいたい」

と、強硬に主張する。

吉兵衛ら町の世話役が、

「与一は長男なのだから」

と、言葉を尽くして説得したが、与次郎は頑として応じず、ついには奉行所に訴えると言いだす始末だった。

丸くおさめようとしていた町役人たちも手を焼き、腹立ちまぎれに、北町奉行所に嘆願書を出して調停を願った。北町奉行は榊原主計頭忠之《さかきばらかずえのかみただゆき》である。

榊原は、母親のお竹、与一・与次郎兄弟はもとより、町内の世話役を奉行所に召還し、それぞれの言い分を聞いた。

そして、与次郎に向かって言った。

「町内の者どもの指図は、しごくもっともと思える。にもかかわらず、そのほうがきっかり等分を受け取りたいと申すのは、なにか理由があるのか。あるのなら、遠慮なく申してみよ」

「はい、怖れながら、申しあげます。世間では与一が惣領《そうりょう》、あたくしが次男ということになっておりますが、じつはあたくしが惣領でございます。

と申しますのは、恥ずかしながら、こちらの母のお竹は父のもとで下女奉公をしているとき、懐胎して与一を産んだのでございます。その後、町内の人々の取り持ちで父の本妻になりました。そして、本妻になってから、あたくしを産んだのでございます。

与一はあくまで下女の子、あたくしは本妻の子でございます。

そんなわけですから、次男とはいえ、あたくしのほうが筋目が正しく、太田屋を継ぐべき者と存じます」

榊原もウ～ンと、うなった。

白洲に召還された者たちに確認すると、与次郎の申し立てに間違いはない。

つまり、与一も与次郎も、清兵衛とお竹のあいだにできた子に違いないが、与一が生まれたとき母親は奉公人であり、与次郎が生まれたとき母親は妻だった。与一は長男だが庶子、与次郎は次男だが嫡子ということになる。

しばし沈思黙考したあと、榊原が言った。

「与次郎の申し分にも一理はある。では、尋ねよう。太田屋の家屋は、お竹が下女奉公しているときからのものか、それとも清兵衛の妻となってから求めたものか」

「お竹さんが下女奉公しているときから同じ家です」

町内の者が口をそろえて答えた。

榊原が裁定をくだした。

「あいわかった。しからば、清兵衛が残した金や家財道具はふたつに分け、兄と弟が均等に受け取るがよかろう。

また、太田屋の名跡は兄の与一が継ぎ、そのまま家に住んで、母に孝養を尽くせ。いっぽう、弟の与次郎は遺産の半分を受け取ったら、早々に太田屋を出よ」

この裁定に、与次郎をのぞく全員が、胸のつかえが取れたような晴れ晴れとした表情になった。

まさに、名裁きと言えよう。誰もがすんなりと納得できる解決だった。

ただし、与次郎のみは苦虫を噛み潰したような顔をしていた。遺産の半分を受け取ることには成功したものの、太田屋を追いだされるに等しいからだ――。

――という、わけだったのです」

裁判の顚末を聞き終え、春更が感に堪えぬように言った。

「う～ん、おもしろい話ですね。戯作になりそうですぞ」

「財産分与の不公平を訴えたとき、与次郎どのは十五歳だったのですね、ふうむ」

伊織はやや釈然としないものを感じた。

十五歳に、奉公人が産んだ子と妻が産んだ子の格差をあげつらうだけの知識があるだろうか。もしかしたら、与次郎の背後に、知恵をつけ、そそのかす者がいたのではあるまいか。

与次郎の十五歳という年齢と、知恵をつけた軍師の存在に、伊織が言及した。

だが、山崎は、

「なるほど、ちょいと引っかかりますな」

と言っただけで、さほど伊織の疑念に重きを置いていない。とにかく早く話を先に進めたいようである。

山崎が話を続ける。

「拙者は、太田屋が奉行所に裁定を求めたいきさつを知るに及び、首を失った黒焦げ死体の背景には、太田屋の内紛があるに違いないと察しました。

それで、またもや連雀町の仮設自身番に行き、町役人の吉兵衛らを尋問したのです。火災から数日経っただけなのですが、もうあちこちで普請がはじまっていました。太田屋の焼け跡も、すでに整地が進んでおりましたよ。

まず、拙者が気になったのは、火事の前、与一と与次郎の兄弟は同居していたかどうか、です。

すると、町内の者たちが言うには、奉行所の裁定がくだってから十日ほど経っており、兄と弟で分配を進めている最中で、近々、弟の与次郎は家を出ることになっておったそうです。その矢先に、被災したことになりますな」

「与一が与次郎を、あるいは逆に与次郎が与一を殺し、死体を始末しようとしているところに、運悪く、あるいは運よく、火事が起きたのではないでしょうか」

我慢できなくなったのか、春更が口をはさんだ。

山崎がうなずく。

「当然、拙者もその疑いをいだきました。ところが、太田屋の家族や奉公人一同の避難先がわからぬ状態ですからな。

そこで、岡っ引の長助に太田屋の避難先を突き止めるよう命じたのです。町内で丹念に聞き込みをおこなえば、誰かが知っているはずですからな。

いっぽうで、拙者は太田屋の家と土地がどうなっていたかを調べました。土地は地主から借りていましたが、家は太田屋の主人だった清兵衛の持ち物でした。

持ち家は烏有《うゆう》に帰したわけですがね」

「借地だったとすれば、家が焼けてしまったら、太田屋は連雀町に戻らないかもしれませぬな」

伊織が言った。

山崎の顔に笑みが浮かぶ。

「さすが先生、鋭《するど》い指摘ですな。そこが、あとあとにかかわるのです。

さて、長助が太田屋の避難先を突き止めましてね。浅草の寺でしたよ。太田屋の菩提寺でした。

そこで、拙者は長助に避難先の寺に行き、太田家のなかに行方不明者がいないかどうか調べるよう命じたのです。念のため、子分も連れていくように言いました。もしかしたら、与一か与次郎かを、その場で召し捕ることになるかもしれませんからな」

「はい、はい、なるほど」

　春吏が身を乗りだす。

　山崎が瞬時の間を置いたあと、淡々と言った。

「長助は浅草の寺に行き、与一に会いました。太田家の連中はみな、右往左往の大騒ぎをしていたそうですがね。

　与一はきっぱり、

『全員、無事に避難しました。ドタバタしているのは、家を借りるのが決まり、引っ越しの最中なのです。与次郎はいま、引っ越し先にいます』

　と言ったそうでしてね。

　長助がなおも、与次郎は別居するのではないのかと追及したところ、火事騒ぎで財産の分割がやり直しになったので、引っ越しして落ち着きしだい、弟は太田屋を出ることになっているとのことでした。

　まあ、それで、長助は帰ってきたわけです」

「え、それからどうなったのですか」

　春吏が拍子抜けしたように言った。

山崎が無表情になる。

「それで終わりじゃ」

「首のない黒焦げ死体の身元は、わからないままですか」

さすがに伊織も口をはさんだ。

山崎が無表情のまま述べた。

「身元不明の行き倒れ人扱いですな。町内の者が寺に運び、無縁仏になりました。頭部がないのは、焼け落ちた梁《はり》があたり、砕けてしまったとでも理由をつけたのでしょうな。

その後、半月ほどして拙者は倅に家督を譲り、隠居したのです。もともと、その予定でしたから。

ですから、この件が、拙者が定町廻り同心としておこなった最後の検使になりました。ちょうど五年前のことです。

以来、拙者は忘れておったのです」

山崎の話が一段落した。

春更が言った。

「ご隠居が忘れていた五年前の事件を思いだしたのは、医者の佐々木久庵先生の家で見つかった頭蓋骨がきっかけなのですね」

「うむ、さよう」

「では、ちょいと小休止としませんか。わたしは雪隠《せっちん》に行きたくなったのですが、途中で中座したくないので、じっと我慢していたのです。もう、小便が漏れそうです」

「雪隠に行くのはよいが、そんなことより日が陰ってきたぞ。お松を加賀屋に帰してやらんといかん。ここは、もう使えぬ。小休止どころか、そろそろ閉会だ」

伊織が日が傾いてきたことを指摘した。

春更はいかにも残念そうである。

「次の一の日まで待ちきれませんよ」

「拙者としても、ここで中断にしたくないですな。

よし、河岸《かし》を変えましょう。座敷で一杯やりながら、ゆっくり話ができるようなところはありませんか。

春更、心配せんでよい。払いは拙者が持つ。

先生、どうですかな」

「私もここまで聞いたら、続きは次の一の日というのは、あまりに待ち遠しいですね」

「よし、決まりですな」

山崎が場所を変えて検疑会を続行することを宣言した。

二

店先に置かれた置行灯には、

しる八文
一せんめし
にしめ八文
酒さかな

と書かれていた。

まだ灯はともされていない。

「ここにしましょうか。一膳飯屋ですが、酒も呑めますし、奥に小ぎれいな座敷もありますから」

春更が須田町の表通りに面した店を示した。

沢村伊織は入ったことはなかったが、春更は何度か利用していたようだ。

「うむ、かまわぬぞ。拙者は奉行所への行き帰り、こうした店を見て、入ってみたいなと思ったことがしばしばあったが、かなわなかった。だが隠居してから、ときどき飯を食ったり、酒を呑んだりしておる。だから、慣れておるぞ」

山崎庄兵衛は気さくだった。

土間に数脚の床几が並び、職人や行商人らしき男が腰をかけて食事をしていたが、なかに浪人らしき、五分月代《ごぶさかやき》の武士もいた。

腰に両刀を差した山崎を見ても、誰も驚く様子はない。武士が食事をするのは珍しいことではないのであろう。

床几のあいだを通り抜けて奥に入ると、座敷がもうけられていて、さいわい、空いていた。だが、奥まっているため薄暗い。

三人が座敷にあがって座を占めると、女中が灯をともした行灯を持参した。さらに、土間の床几に腰をおろした客の視線を遮るため、衝立《ついたて》を置いた。

壁に貼られた品書きをながめながら、山崎がしみじみと言った。

「はじめてこういう店に入って飯を食ったとき、菜が多彩なのに驚きましたぞ。八丁堀の屋敷の食事ときたら、毎日、変わり映えのしないものばかりですからな」

「まったく同感です」

春更が言葉に力をこめた。

やはり八丁堀の屋敷で育ったため、春更の食生活も単調そのものだったのだ。

注文した酒や、酢蛸《すだこ》、里芋の煮付け、蒟蒻《こんにゃく》と野菜の煮しめ、湯豆腐などを女中が運んできた。

女中が去ったあと、山崎がやおら口を開いた。

「さきほど、五年前の事件を述べましたが、けっきょくうやむやになって、身元不明の焼死体として葬られました。その後、まもなくして拙者は隠居し、やがて事件のことも忘れていたわけです。

つい最近のことです。遠縁にあたる男が、連雀町の商家に婿養子に入りましてね。ちと用事もあって、拙者はその商家を訪ねたのです。すると、商家の主人が四方山話《よもやまばなし》のなかで、こんな話をしたのです。

『近所の医者の家の縁側の下から、頭蓋骨が出てきたそうでしてね。二、三年以上昔に殺され、埋められたのだろうということでございます』

拙者はふと気になり、

『五年前、このあたりは火事で焼けましたな。火事の前、その医者の家には誰が住んでいたのですか』

と、尋ねたのです。

『たしか、太田屋とかいう大きな提灯屋でした』

それを聞いて、拙者は妙に気になりましてね。

商家を辞すと、その足で、医者の家がある土地の地主を訪ねたのです。さいわい、同心のときに面識がある男でした。

地主が言うには、

『火事で避難したあと、太田屋は避難先に落ち着いたようですな。連雀町には戻らないとのことでした。

そこで、焼け跡を整地したあと、あらためて借家を建てたのです。しばらく大店の通いの番頭が住んでいて、そのあと医師の佐々木久庵先生が入居しました。

火事のあとで建て替えたので、太田屋が住んでいたときとは、間取りなどもだいぶ変わっているはずです』

との説明でした」

「ほう、よく聞きだせましたな」

感想を述べながら、伊織は山崎がいまだに両刀を差している理由が、わかった気がした。

ただの隠居があれこれ昔のことを質問しても、たいていの人間は面倒がって、本気で応対はしてくれないであろう。しかし、武士のいでたちをしていれば、庶民は内心の迷惑を押し殺して、いちおうは真剣に対応する。

武士の格好をしていたからこそ、山崎は聞きだせたのだ。

また、頭蓋骨が久庵の家の縁側の下から発見されたことについて、伊織は漠然といだいていた違和感についても、これですっきり解消された気がした。

太田屋のとき、頭部は庭の一画に埋められたのであろう。火災後、家屋は建て替えられ、間取りも変更されたことから、たまたま頭部が埋められていた場所が縁側になったのだ。

（そうだったのか、それでわかった）

伊織は内心でつぶやいた。

「拙者は地主の話を聞き、その後、考えているうち、自分に大きな手抜かりがあったことに気づいたのです。失態と言ってもよいでしょうな。拙者の手落ちはなんだったか、おわかりですか」

山崎が伊織と春更を見つめた。

伊織が静かな口調で指摘する。

「岡っ引の長助どのの報告を鵜呑みにしまったことですな」

「さよう、そのとおりなのです。拙者はそれに気づき、愕然としましたぞ。居ても立ってもいられなくなり、長助の家を訪ねたのです。しかし、五年の歳月は人を変えますな。驚きました。

長助は中風《ちゅうぶ》になり、身体の自由がきかないのはもちろん、呂律《ろれつ》がまわらない状態になっていたのです。拙者の顔を見るなり、布団の上でボロボロ涙をこぼしましてね。

そんな状態だったのですが、長助はこちらの言葉はわかるようだったので、なんとか聞きだしたのです。かなり苦労しましたがね。

長助は浅草の寺に避難した太田家を調べにいったとき、与一の『全員無事だった』という説明を信じこみ、与次郎の姿は確認していなかったのです。

これは長助の怠慢と言えないこともないのですが、たまたま太田屋が引っ越しの最中だったこともあるでしょうし、自分が十手を示せば畏れ入り、正直に答えるはずだという思いこみもあったのでしょうな。しかし、最終的には、長助の報告を鵜呑みにした拙者の落ち度です」

山崎が無念そうに締めくくる。

春更が言った。

「そこまでわかったところで、ご隠居、これから、どうするつもりですか」

「ここまでたどり着いた以上、弟の与次郎が生きているかどうかを確かめないことには、気が済まんぞ。

拙者が想像するに、お奉行の裁定がくだり、みなは納得したようだった。だが、与一と与次郎の兄弟は内心では不満で、おたがいを憎む気持ちを募《つの》らせていたのではあるまいか。

与一は取り分を六割から五割に減らされ、しかも生みの親を侮辱された。与一にしてみれば、母親の件が大きかったと思うぞ。

いっぽう、与次郎は金銭や諸道具は半分を得られるものの、家から出なければならない。

表面上はともかく、ふたりが憎みあっていたとしてもおかしくはない。財産を分割しているうち喧嘩になり、カッとなった与一が与次郎を殺した。殺害方法は不明だがな。半鐘が鳴り響き、あたりは騒然としていたから、誰も気づかれなかったのであろう。

与一は死体をバラバラにして埋めるか、川に捨てるつもりだったのだろうな。ところが、首を切断したところで、火が迫ってきた。そこで、かろうじて庭に浅く首だけ埋めたあと、首を失った死体はその場に放置して、逃げだしたのだ。これが、拙者の推理ですが、どう思いますかな」

「それだと、避難先の寺に与次郎は現れなかったことになりますよ。与一はそれを、母親や奉公人にどう説明したのでしょうか」

さっそく春更が矛盾を突いた。

山崎はちょっとひるんだ。

「う～む、それもそうだな。

それも与一に会って確かめねばならぬのだが、火事の騒ぎにまぎれて弟は金の大部分を持って逃げた、とでも説明したのではあるまいか。兄弟が憎みあっていたとしたら、考えられないわけではないぞ。

先生は、拙者の推理をどう思いますか」

伊織としては推理の矛盾より、もっと気になることがあった。

元同心に対する言い方を考えながら、慎重に問う。

「もし与次郎の行方が知れないのがわかったら、与一を召し捕るおつもりですか」

「う〜ん、じつは、そこなのです。拙者はもう役人ではありませんからな。拙者も悩んだのですが、こう考えることにしました。

もし、与一が商人などを殺し、金を奪っていたのだとすると、看過《かんか》することはできません。こんな悪辣《あくらつ》な殺人を見過ごしていては、殺された商人も浮かばれませんからな。役人に訴え、与一を召し捕るべきでしょう。

しかし、与一が与次郎を殺したのだとすれば、骨肉の争いです。いわば、どっちもどっち。お奉行の裁定に従わなかったための悲惨な結末と言えましょう。隠居がいまさら、どうこうできることではありません。

拙者は真相を知りたいだけなのです。真相さえわかれば、与一に、

『てめえ、弟殺しの重荷を、死ぬまで背負って生きていきな』

などと、痛烈な言葉を浴びせかけるくらいですかな。まあ、拙者はそれですっきりしますぞ」

「なるほど、謎が解ければそれでよし、ということですね。ここまで調べたのですから、ご隠居、最後までやり抜かれるべきですぞ」

伊織は、山崎の推理には穴が多いことに気づいていたが、あえて指摘はしなかった。とにかく、山崎が太田屋を訪ねれば、すべて判明することである。

「太田屋がいま、どこで商売しているかは、連雀町で調べてわかっております。二、三日のうちに、拙者は太田屋に乗りこむつもりですぞ」

そう宣言するや、山崎は茶碗の酒を呑み干した。

三

「先生、沢村先生」

声がかかったほうを見ると、薬屋の備前屋だった。

店先で、番頭の瀬兵衛が手招きしている。

沢村伊織は往診を終え、湯島天神の参道を通って家に戻るところだった。

「どうしましたか」

伊織は備前屋の店先に立った。

瀬兵衛がふところから紙を取りだしながら、

「どうぞ、おかけください」

と、腰かけるように勧めた。

店先に腰かけた伊織に、瀬兵衛が意味ありげな笑みを浮かべた。

「こんなものを手に入れましてね。まず、目を通してみてください」

「ほう、なんですか」

手渡された紙には、小さな字がびっしりと書きこまれている。

なにげなく読みはじめた伊織は、途中からやにわに緊張が高まるのを覚えた。

そこには――。


下谷山崎町、下谷同朋町、上野二丁目で女が殺され、腹部を裂かれて胆嚢が抜き取られていた。下手人として、下谷坂本町の薬屋の番頭、伝兵衛が召し捕られた。調べてみると、伝兵衛は抜き取った胆嚢を陰干しにし、妖《あや》しい媚薬を作ろうとしていた。

厳しく糾問された伝兵衛は、外桜田に屋敷のある旗本家の家来の徳永勘十郎に頼まれ、媚薬を作っていたことを白状した。前金として、十両を受け取っていたという。

人の生き肝《ぎも》を使った媚薬は、いったい誰が用いるつもりだったのだろうか。

――という意味の内容が、おもしろおかしい筆致で書かれていた。

冒頭から読者の心をとらえ、いったん読みはじめたら、最後まで読まずには済まされないという、手慣れた書き方だった。

読み終えた伊織は、思わずうなった。

「こ、これは……どこで入手したのですか」

「出入りしている貸本屋が、こんなおもしろいものがありますと見せてくれたのですがね。たしかにおもしろい内容なので、あたくしは頼んで、書き写させてもらったのです。ですから、それはあたくしの筆跡ですが、あたしが書いたわけじゃありませんよ。書き写しただけです。

貸本屋は、はっきりしたことは言いませんでしたが、やはりどこやらで見せられ、あまりにおもしろいので急いで書き写したようでしたな」

「ほう、たしかに刷り物ではありませんな。書き写されて広まっているのですか。最初に書いたのは誰なのでしょうか」

「まったく不明です。あたくしが手に取った時点で、十人を経ていたのか、百人を経ていたのか。もしかしたら、書き写されて江戸中に流布しているかもしれません」

「ほ〜お、書いたのはかなり内情にくわしい人物でしょうが……」

伊織の頭に、最初に作者として浮かんだのは春更である。

たしかに春更は伊織が話をしたため、死体から胆嚢が抜き取られた事件は知っている。並々ならぬ興味も持っていた。

さらに、これくらいの文章なら、春更はなんの苦もなく書くであろう。

だが、伝兵衛や徳永勘十郎の名を知っているはずがない。となれば、春更が作者であるはずはなかった。

関与している人物の名をすべて知っているのは、同心の鈴木順之助と岡っ引の辰治である。だが、ふたりにはとうてい、こんな軽妙洒脱《けいみょうしゃだつ》な文章は書けないであろう。

伊織はもう一度、読み返した。

文章は醜聞を暴露しながらも、ぎりぎりの線でとどまっていた。

具体的な人名として、「伝兵衛」、「外桜田に屋敷のある旗本家の家来の徳永勘十郎」が挙げられている。肝心なのは、「外桜田に屋敷のある旗本家」だ。少なからぬ人々が、これだけでピンとくるであろう。つまり、御側御用取次の水野美濃守忠篤である。

つまり、水野の上には将軍家斉がいることを暗示しているのだ。

（う～ん、巧妙だな。しかし、役人の目に触れたら……）

伊織は空恐ろしくなってきた。

もしかしたら、鈴木や辰治はとばっちりを食って、厳罰に処せられるのではなかろうか。

「おや、先生、どうかしましたか。顔色が悪いようですが」

瀬兵衛が心配そうに顔をのぞきこんできた。

伊織はあわてて取り繕《つくろ》う。

「つい先日、お手前と熊の胆嚢について話をしたばかりでしたからな」

「へいへい、そのとき、あたくしは、人の胆嚢の売り込みがあったことをお伝えしましたな」

「それを思いだしましてね。そのときの男が、この文に出ている伝兵衛でしょうか」

「さあ、どうでしょうか。いや、待てよ……そうかもしれませんな。これは、厄介なことになりかねないぞ」

瀬兵衛が急にあわてだした。

顔色まで変わっている。

「どうしたのですか」

「お奉行所からお差し紙が来て、呼びだされ、『備前屋に売り込みに来たのは、この男か』などと首実検させられる羽目になっては、大変ですからな。それこそ、面倒に巻きこまれますよ」

「瀬兵衛さん、それこそ杞憂《きゆう》ですよ」

伊織が慰《なぐさ》めた。

だが、瀬兵衛はなおも心配らしい。

「先生、備前屋に人の胆嚢の売り込みがあったなど、ほかでは言わないでくださいよ」

「はい、心得ております。では、失礼しますぞ」

伊織は笑いをこらえ、腰をあげた。

参道を歩きながら、流布している怪文書について考え続けた。

（たしかに怪文書だな。はたして、誰が書いたのか。そして、なにが狙いなのか）

考えれば考えるほど、謎は深まるばかりだった。

＊

戻った伊織を見て、妻のお繁が言った。

「あら、ちょっとの差でしたね」

「どうかしたのか」

「連雀町の佐々木久庵先生のところから、長八というお弟子さんが手紙を届けに来ましたよ」

お繁が手紙を差しだす。

伊織がさっそく封を切って目を通すと、頭蓋骨鑑定の礼を述べたあと、後日談が記してあった。それによると――。

頭蓋骨が出土したことを、自身番に届けた。そして、定町廻り同心が巡回に来た際、自身番に詰めていた町役人が報告し、検使を願った。

ところが、同心は状況を聞き取ると、

「二、三年以上昔の頭蓋骨か。ということは、二、三百年昔の物とも解釈できるな。検使をおこなうまでもなかろう。町内の責任で、ねんごろに弔ってやれ」

と言い捨て、さっさと次の巡回に向かった。

町内に迷惑をかけるわけにもいかぬので、不佞のほうで寺に頼み、墓地に埋葬してもらった。


――という意味のことが書かれていた。

伊織は読み終え、予想したとおりだったなと思った。要するに、同心は面倒だったのであろう。

名前はわからないが、この同心は山崎庄兵衛の後任だろうか。とすると、素っ気ない対応をした同心は、いま前任者がこの頭蓋骨の謎を懸命に追いかけていることなど、夢にも知らないに違いない。

夫が手紙を読み終えたのを見て取り、お繁が言った。

「それに、こんなものをいただきましたよ」

伊織がうながされて台所に行くと、竹で編んだ魚籠《さかなかご》が置かれていた。中には鯛や鯵《あじ》など、数種の魚が詰められている。先日の、頭蓋骨の鑑定の謝礼であろう。それにしても、かなりの量である。

「ふうむ、ありがたいが、とても食べきれぬな」

三人世帯には多すぎる。

それに、下女のお熊は、とうてい料理が得意とは言えなかった。魚料理でできるのは塩焼きだけであろう。

また、お繁は仕出料理屋の娘だっただけに料理にはくわしいが、あくまで知識である。自分で魚をさばいたこともなかった。

「では、太助《たすけ》どんに頼みましょうか」

お繁が笑って言った。

実家である立花屋の料理人の太助に頼み、調理してもらおうというのだ。

もちろん、三人分だけを受け取り、残りの大部分は進呈し、立花屋の奉公人一同に食べてもらうのだ。そうすれば、伊織たちは手の込んだ魚料理を賞味できるし、立花屋の奉公人もいつになく豪華な食事となる。

これまでにも、謝礼として受け取った魚を太助に調理してもらったことがあった。

「うむ、そうだな。また、立花屋に頼もうか」

「へい、では、頼んでまいります」

お熊が手ぐすね引いて、待ち構えていた。

魚籠を見たときから、立花屋に運ぶことになると予想していたのであろう。

お繁が魚籠の中を点検して、指さしながら言った。

「平目《ひらめ》があるわね。平目のせんば煮など、どうかしら」

「え、平目、ご新造さま、それは鰈《かれい》ですよ」

「平目と鰈は身体つきがよく似ているけど、別な魚よ。見分け方は、

『左ヒラメ右カレイ』

と言って、目が体の左側にあるのが平目、右側にあるのが鰈です。

ご覧なさい、眼が左側にあるから、この魚は平目です」

「へえ、そうなんですか。よく出世魚とかいうじゃありませんか。あたしは小さいうちが鰈、大きくなると平目かと思っていました」

お熊が頓珍漢《とんちんかん》な感心をしている。

伊織が言った。

「平目のせんば煮とは、どんな料理なのだ」

「平目の切り身と旬の野菜を取りあわせて、潮煮《うしおに》のように塩味で仕立てたものです」

「ふうむ、聞いただけで、うまそうだな」

「あたしに、立花屋に行って、うまく説明できますかね」

お熊が心配した。

お繁が受けあう。

「平目のせんば煮と言えば、太助どんはすぐわかるわよ」

太助にとっては、主人の娘の嫁ぎ先からの頼みである。断るはずはなかった。

表向きは面倒がりながらも、手のこんだ料理を作るはずだった。

「へい、では、行ってまいります」

お熊が重い魚籠を持ちあげた。

第四章　成　敗

一

太田屋は浅草阿部川町の表通りに面していた。

表戸はすべて取り外されているので、店の中の作業場は通りから丸見えである。

ねじり鉢巻きをし、前垂れをした職人が、提灯に貼った紙に筆で彩色していた。

やや奥では、竹ひごで提灯の骨組みを作っている者もいる。

壁には骨組みだけの傘が多数、吊るされていた。提灯だけでなく、傘も作っているようだ。

店先には床几が一脚、置かれていた。客はここに腰かけるのであろう。

山崎庄兵衛は紺地に「おおたや」と白く染め抜かれた暖簾を見て、内心で「ここだな」とうなずいたが、いざとなると、どう声をかけようかと迷った。

道にたたずみ、しばらく職人の作業を見ていると、奥から羽織姿の二十歳前後の男が出てきて、職人になにやら指示をしている。

（与一は二十三歳のはず。うむ、あの男が与一だな）

山崎は内心でうなずき、店先に立った。

「卒爾《そつじ》ながら、ちと尋ねたいことがある」

「へい、なんでございましょうか」

羽織を着た男がすぐに進み出て、店先に正座した。

男は黒羽二重の羽織を着て、腰に両刀を差した山崎を見て、やや緊張しているのがわかる。

「そのほうが、太田屋の主人の与一どのか」

「いえ、あたくしは与一の弟の与次郎と申します。兄になにか、ご用でございましょうか」

「えっ」

山崎は絶句した。

足元が崩れるかのような衝撃だった。

なんと、与次郎は生きていた。

しばし呆然としたあと、脳裏に閃いた。

（与一と与次郎は入れ替わっていたのではあるまいか。浅草の寺で岡っ引の長助が面会したのは、与一ではなくて実際は与次郎だったのでは……ということは、与次郎が与一を殺したのだ）

「与一どのに、ちと用があるのだが、会えるかな」

山崎は息をととのえ、静かに言った。

ここで与次郎が動揺すれば、山崎の推理が裏打ちされる。

ところが、与次郎が、

「へい、兄はいま奥におりますので、呼んでまいりますが」

と、丁重に言った。

その瞬間、山崎はまたもや自分の推理が音を立てて崩れるのを知った。もう、頭の中が完全に混乱していた。

「ところで、お武家さまは、どちらからまいられたのでございましょうか」

「うむ、山崎庄兵衛と申す。五年前の火事で太田屋が焼けたとき、北町奉行所の役人として検使をおこなった」

山崎はかなり動転していたが、事前に準備していた言葉なので、かろうじて、つかえることなく口から発せられた。かつて役人として庶民に接していたので、自然と威圧的な口調になる。

与次郎の顔つきが変わった。黒羽織に両刀を差していることもあり、山崎を町奉行所の役人と誤解したようだ。

とはいえ、山崎は嘘を言ったわけではない。五年前に役人だったのは事実である。

「へい、少々、お待ちください」

与次郎が顔を強張《こわば》らせ、店の奥に引っこんだ。

しばらくして、やはり羽織を着た男が現れた。見かけからも、与次郎よりは年長とわかるが、顔がやや青ざめていた。

山崎はひそかにため息をついた。

与一も与次郎も生きていたのだ。一瞬、山崎は逃げだしたい気分になったが、ここで引きさがるわけにはいかない。

「あたくしが、太田屋の主人の与一でございますが」

「拙者のことは、与次郎どのに聞いたであろう。そのほうに、ちと尋ねたいことがあるが、ここでよいか、それとも場所を変えるか」

山崎が店内を見渡しながら言った。

職人はうつむいて黙々と作業していたが、みな店先のやりとりに耳をそばだてているのはあきらかだった。

与一はちらと店内を見まわしたあと、小声で言った。

「ここでは差障《さしさわ》りがございますので、店の外でお願いできませんでしょうか」

「うむ。このあたりは寺が多いようだ。寺の境内《けいだい》はどうか。どこか、あまり人目につかぬ寺はないか」

「へい、では、ご案内いたします」

与一が安堵の表情を浮かべる。

続いて、徒弟奉公をしているらしい少年に命じた。

「おい、履物をこちらにまわしておくれ」

外出の準備をする与一を見ながら、山崎は懸命に考えていた。

(では、首を失った黒焦げの死体、そして発見された頭蓋骨は、いったい誰だったのか)

ほとんど焦りに近い気分のなかで、山崎は一条の光明を見た気がした。

与一・与次郎の兄弟のどちらかでなかったとしたら、もうほかには考えられない。黒焦げの死体は、太田屋の奉公人だったのではあるまいか。

(では、太田屋は奉公人を見捨てたことになる。いったい、なにがあったのか)

山崎は懸命に考えた。

*

与一が案内した寺は、境内には茶屋もなく、森閑《しんかん》としていた。

「ここで、ようございましょうか。立ち話になりますが」

「うむ、そのほうとしては、ほかの者に聞かれたくあるまいからな」

山崎が皮肉な笑みを浮かべて言った。

与一は下を向いている。

表情を読まれたくないのであろう。

「五年前の連雀町の火事のとき、太田屋は浅草の菩提寺に避難したな」

「へい、さようです」

「寺に長助という岡っ引が訪ねていったはずだ。拙者が手札を与えて、使っていた者じゃ。

そのとき、そのほうは長助に、『太田屋の者は全員無事でした』と答えたな。拙者は長助からそう知らされた。

しかし、その後、辻褄《つじつま》の合わないことがでてきた。どうも、妙でな。

これから太田屋に乗りこみ、そのほうの返答が本当だったか嘘だったか、奉公人をひとりひとり糾問することもできる。だが、拙者としてはそこまではしたくない。太田屋の商売に差障りが出ては、気の毒だからな」

山崎がじんわりと威圧する。

かつて定町廻り同心だっただけに、召し捕った罪人を尋問した経験はあった。取り調べのときのはったりは、お手の物である。いま、それを応用していた。

与一は顔面蒼白になっていた。

「申しわけございません。あのときは引っ越しでドタバタしておりまして、あたくしは気もそぞろだったものですから、親分には不正確なことをお伝えしてしまいました。あとで気がつき、申しわけないことをしたと思っておりました」

「ほう、では正確には、どうなのだ」

「避難先の寺に落ち着いてから、村吉《むらきち》という職人の姿がないのに気づきました。しかし、火事騒ぎをさいわい、女郎屋にしけこんでいるのであろうと思い、さほど気にとめてもいなかったのです。そのうち、現れるであろうと思っていたものですから」

「ほう、その村吉は、いまはどうしている。太田屋にいるのか」

「いえ、行方が知れません。火事騒ぎにまぎれて、太田屋から出奔《しゅっぽん》したと思われます」

「ほう、そうか。しかし、その説明でもやはり辻褄が合わぬぞ。

五年前の火事のとき、太田屋の焼け跡から、首のない黒焦げ死体が見つかった。ところが、そのほうが太田屋は全員避難し、無事だったと証言したため、黒焦げ死体の身元は不明で、行倒れ人として葬られた。首がないという疑問はあったが、落ちた梁などで砕けたのであろうと解釈された。

つまり、ただの焼死として扱われたわけだ。

火事のあと、太田屋のあった場所には別の家が建ち、いまは医者が住んでおる。その医者の家の縁の下から、このほど頭蓋骨が埋められていたのが見つかってな。蘭方医が鑑定して、生首が埋められたのは火事のころと推定した。

そのほう、これをどう説明するのだ」

「いえ、あたくしには、とんとわかりませぬが」

与一が震え声で言った。

顔には血の気がない。

山崎が低い声で追いつめていく。

「ほう、そうか。では、こういう物に見覚えはないか。頭蓋骨のそばに埋まっていたのだがな」

ふところから、紙に包んだ煙管の雁首と吸口を取りだした。連雀町の自身番に保管されていたのを、山崎が借りてきたのだ。

「いえ、見覚えはございません」

「村吉の煙管ではないのか」

「え、いえ、そんな」

「おい、黒焦げ死体は村吉ではないのか。村吉は太田屋で殺され、首を切断された。たまたま首を庭に埋めたところで火の手が迫り、身体はそのまま放置され、黒焦げになった――のではないのか。つまり、たんなる焼死ではなく、殺人だったことになる。

肝心なのは、誰が村吉を殺したかだよな。

そのほう、岡っ引の長助に太田屋は全員無事だったなどと嘘を言って、奉行所の調べを翻弄《ほんろう》し、妨害していたとなれば、ただでは済まぬぞ。最悪の場合、太田屋は取り潰しになろう。

いや、そもそも、そのほうが村吉を殺したのではないのか」

「いえ、滅相もございません。あたくしではございません」

「では、誰の仕業だ。そのほう、知っているのではないのか」

「いえ、あたくしは存じません」

与一の声には涙が混じっている。

そのとき、足音が近づいてきた。

山崎が振り返ると、松坂縞の前垂れをした十三、四歳くらいの女に手を引かれ、媚茶《こびちゃ》色の布子《ぬのこ》を着た老婆がおぼつかない足取りながら、懸命に歩いてくるところだった。髪は後室髷《こうしつまげ》に結っているので、後家とわかる。

「おっ母さん、どうしてここへ」

振り向いた与一が、悲鳴のような声をあげた。

山崎は、老婆が与一・与次郎の母親のお竹とわかった。しかし、なぜお竹が現れたのか。

またもや、どんでん返しがある予感がした。

お竹は山崎の前に来ると、深々と一礼した。

「お武家さま、あたしがすべてをお話いたします」

「おっ母さん、やめてください。おっ母さんは関係がありません。どうか、家に戻ってください」

与一が叫ぶように言った。

その顔には恐怖がある。

山崎は与一を無視し、まじまじとお竹を見つめる。

はじめは老婆と思ったが、実際は四十代後半だろうか。与一を産んだことを考えると、せいぜい四十代なかばかもしれない。年齢よりかなり老けて見えた。

歩行に不自由しているのは、膝が悪いようだ。立っているときも、そばの下女らしき女の手にすがっていた。

「そのほうが話すというのか。うむ、よかろう」

「ただし、立ち話は無理でございますので。別な近くの寺に、懇意にしている茶屋がございます。そこにご案内しますが、よろしゅうございますか」

「うむ、よかろう」

「おっ母さん、お願いです。やめてください」

与一は母親に取りすがらんばかりに、悲痛な声で哀願する。

頬には涙が伝っていた。

二

お竹が案内したのは、さほど大きな寺ではなかったが、境内に葦簀《よしず》掛《が》けの茶屋があった。それなりに参詣人が多いのがうかがえる。

柱に掛けられた掛行灯《かけあんどん》には

千客万来
お休処

と書かれていた。

その掛行灯のそばに、与次郎が立っていた。

山崎庄兵衛に一礼したあと、お竹に向かって言った。

「おっ母さん、言われたとおり、女将《おかみ》さんに頼んで、借り切りにしてもらいました」

お竹は軽くうなずいたあと、山崎に言った。

「ほかのお客はいませんから、気がねなく話ができます」

「ほう、そうか」

茶屋の中には床几が数脚、置かれていた。

お竹が、手を引いてきた下女に言った。

「太田屋に戻りな」

「でも、ご隠居さま、お帰りが心配です」

「心配ない。与一と与次郎がいるから」

「へい、わかりました」

下女がひとりで帰っていく。

みながそれぞれ床几に腰をかけると、女将と茶屋娘が茶と煙草盆を置いた。そのあと、店の周囲に葦簀をぐるりと立てまわしてしまった。外から見ると、茶屋の中は真っ暗であろう。人は休業と思うに違いない。

「あたしどもは庫裡《くり》で小僧さんと、おしゃべりでもしておりますから。なにかあれば、声をかけてください。では、ごゆっくり」

挨拶したあと、女将と茶屋娘は茶屋を明け渡し、寺の庫裡に向かった。

四人だけになったあと、山崎がおもむろに口を開いた。

「五年前、そのほうらが北町奉行所のお白洲《しらす》に座ったとき、お奉行は榊原主計頭さまだったな。榊原さまはいまも、お奉行の任にある。物覚えのよいお方だから、そのほうらが召喚されると、『ほう、また家族そろって奉行所に来たのか』と、お笑いになるかもしれぬな」

山崎が冗談めかして、じんわりと威圧する。

もちろん、三人は頰をゆるめることもなく、身を固くしている。白洲に座った気分に近いかもしれない。

山崎は三人の緊張を見て、ひそかに優越感を味わった。

「さて、すべてを話すということだったが、話してもらおうか」

「へい、正直に申しあげます。村吉を殺したのは、あたしでございます」

お竹は背筋を正し、山崎にまっすぐ顔を向けていた。

与一が急に両手で顔を覆った。手のあいだから、「ううう」という嗚咽《おえつ》が漏れる。

　横に座った与次郎はうつむき、鼻をすすっていた。

　山崎はエッと叫びそうになるのを、かろうじて抑えた。思いもよらぬ告白だった。

　続いて、疑念が浮かぶ。はたして、女ひとりで村吉を殺し、さらに首を切断するなどできるだろうか。お竹は与一か、あるいは与次郎をかばっているのではあるまいか。

「おい、いいかげんなことを言うな。女の細腕で首を断ち切るなど、できるはずがなかろう」

「鉈《なた》で切りました」

「鉈だと」

「竹を割る鉈でございます」

「ふ〜うむ」

　鉈はかなりの重量がある。

　山崎は、女でも鉈を振りあげて叩きつければ、その重みで首を切断するのは可能かもしれないと思った。

また、提灯や傘を作るには、竹を細く割っていかねばならない。太田屋に鉈があったのは納得できる。

「では、最初から、くわしく話せ」

「へい、かしこまりました」

お竹は茶をひと口飲むと、語りだした——。

「村吉は腕のいい職人でした。文字の読み書きもできて、機転が利き、亭主の清《せい》兵衛《べえ》も村吉には目をかけていたのです。

亭主が死んだあと、遺産の分配をめぐって与一と与次郎のあいだでいさかいが起き、町内のみなさんが尽力してくれたのですが決着がつかず、ついにはお奉行所のお手を煩《わずら》わせ、お白洲に座る羽目になりました。

町内のみなさまや、お奉行さまに対して堂々と理屈を言う与次郎に、あたしは腹が立ったのはもちろんですが、不思議な気がしてなりませんでした。というのも、与次郎は鈍《どん》な子だったのです。

手習いでも、兄の与一にくらべ、与次郎の出来はさんざんでした。九九を覚えるのにも苦労していたくらいです。そんな与次郎が屁理屈を述べているのですから。性格もがらりと変わったかのようでした。

そのうち、あたしは、与次郎に知恵をつけている人間がいるのではないかと気づいたのです。それとなく見ていると、やはり、いました。それが村吉だったのです」

山崎がちらと見ると、与次郎はいかにも面目《めんぼく》なさげにうつむいている。

同時に、山崎は検疑会を思いだし、内心でうなった。

なんと、沢村伊織はとっくに、与次郎を背後で操る人間の存在を示唆《しさ》していたではないか。その洞察力には感服するしかないが、いまはお竹の話を聞きださねばならない。

「ふうむ、村吉はなぜ与次郎を応援するのか」

「与次郎が本当の惣領として太田屋を継げば、村吉は大きな顔ができるようになるからではないでしょうか」

話を聞きながら、山崎は武家社会の家督争いを思いだした。

武家でもしばしば熾烈《しれつ》な、あるいは陰湿な家督争いが繰《く》り広げられるが、多くの者は血筋などを言いつのり、けっきょくは勝ち馬に与《くみ》しようとする。

しかし、あえて可能性が低いほうを応援する者もいる。

結果として見事成功すれば、その者は功績がおおいに認められ、以後は重用されるのは確実だからだ。

商家も同じであろう。常識的に考えれば太田屋を継ぐのは長男の与一だが、村吉はあえて弟の与次郎を応援し、継承順位を逆転させようとしていたのだ。

(う～ん、村吉はなかなかの策士だな)

山崎は生前の村吉を知らないのを、やや残念に感じた。

「なるほど、それから、どうしたのか」

「お白洲で、お奉行さまの裁定がくだり、村吉のたくらみは成功しませんでした。お奉行所の裁定から十日ほどして、火事が起きたのです。そのとき、もう外は暗くなっており、奉公人の大半は湯屋に行っておりました。

半鐘の音を聞いて、太田屋にいた奉公人はみな延焼の方向を見定めようと外に出ていきました。家に残ったあたしは、しばらくして、物音がするのに気づいたのです。

あたしは、たまたま目についた鉈を手にして、物音のするところに近づき、そっとのぞいてみたのです。

すると、村吉が帳場で金を探しているところでした。

あたしは怒りに我を忘れ、叱りつけました。

『お訴えが失敗したので、金を盗んで逃げるつもりかい』

『くそぉ、下女あがりのくせに』

村吉が立ちあがろうとしました。

薄暗かったので、あたしが鉈を持っているのが見えなかったのでしょうね。

あたしは村吉がこちらに向かってくる気がして怖くなり、無我夢中で鉈を振りおろしておりました」

「その一撃で、村吉の首はあっけなく飛んだわけか」

「へい、あたしは信じられない気持ちでした」

「物には弾《はず》みということがあるからな。一撃で首が飛ぶのはありうるぞ。

すると、村吉が立ちあがろうとするところを叩き切ったわけだから、斜めに切断したことになるな。拙者が検使をしたとき、死体は黒焦げになっていたから、切断面などはもうわからなかったが」

じつは、伊織が佐々木久庵の家で頭蓋骨を鑑定したとき、重い刃物で斜めに切断したらしいと推定していたのだが、そこまでは山崎も知らなかった。

「で、それから、どうしたのだ」

「あたしは気が抜けたというのでしょうか、ぼんやり突っ立っていました。そこに、与一が現れたのです。しばらくして、与次郎も来ました。

ふたりが、しきりに、

『おっ母さん、おっ母さん』

と呼びかけていたのは覚えていますが、ほかはもう、あたしはよく覚えていないのです。なんだか、頭の中がぼーっとしていたと言いましょうか、薄暗くなってなにも考えられなくなっておりました」

「まあ、無理もないな。では、そのほうに話してもらおう」

山崎が与一を見据える。

与一が目を伏せたままうなずいた。

「お袋が村吉を殺したのは、あきらかでした。また、村吉の身体のまわりに金が散らばっていたので、盗みをして逃げだそうとしていたのもあきらかでした。

あたくしがそのとき考えていたのは、とにかく村吉の死体をどうにかしなければならないということだけでした。ハッと気がつくと、弟の与次郎もそばにいました。どちらからともなく、

『首を隠そう』

と言い、ありあわせの道具で庭に穴を掘り、首を埋めたのです。そうするうち、急に風向きが変わって火の手が迫ってきました。外で火の行方を見守っていた奉公人もみな太田屋に戻ってきて、家財道具を運びだすなど大騒動になりました。

あとで落ち着いて考えると、首だけ埋めてもしかたがないと申しましょうか、かえって不自然でございますね。しかし、そのときは動転していたと言うのでしょうか、あわてふためいていたと言うのでしょうか、首さえ隠せば村吉とはわからないはずと思っていたのです。

あとは、あれよあれよという間に進みました。あとさきを考える余裕はありません。積めるだけの家財道具を大八車に積み、浅草の菩提寺に避難したのです。家の中は暗かったのと、みなは避難の準備に必死だったので、村吉の死体や出血には誰も気づきませんでした」

与一の話が終わった。

山崎は与次郎を見すえる。

「そなたは、なぜ兄と一緒になって村吉の首を隠そうとしたのか」

「あたくしもようやく、自分が村吉にそそのかされていたことに気づいたと申しましょうか。自分の不甲斐《ふがい》なさがわかったと申しましょうか。愚かなあたくしも、ようやく目が覚めたのです。

とにかく、お袋を助けなければならないと、それで頭がいっぱいでした。ほかのことはなにも考えていなかったのです」

与次郎はなかば泣きながら答えた。

「ふうむ、兄弟ともに母を救おうとしたのか」

「へい、申しわけございません」

兄と弟が頭をさげた。

山崎はかけるべき言葉が見つからない。

（これで真相はわかったが……）

予想していたのとは、まったく異なる結末だった。

ここまでたどり着いたものの、これからどう結末をつければよいのか。

山崎は呆然とする思いだった。

そのとき、お竹が静かに言った。

「お奉行所に行き、あたしが村吉を殺したことを申しあげます」

山崎はまじまじとお竹を見つめる。

意外な気がした。

初めて見たときには、年のわりに老けているなという印象しかなかった。だが、いま目の前にいるお竹には、凛《りん》とした美しさがある。

山崎の胸に感動がこみあげてきた。

「まあ、待て、早まるな」

手を挙げて制する。

山崎は頭の中で、武家社会のしきたりを考えていた。

三

岡っ引の辰治が訪ねてきたとき、沢村伊織はまだ診察中だった。

診察中なのを承知で辰治はあがりこみ、お繁となにやら話をしている。

ときどき、お繁が快活な笑い声をあげるのは、辰治が卑猥《ひわい》な冗談を口にしたに違いない。伊織はほぼ想像がつくので、内心で苦笑するだけである。

それにしても、辰治のような灰汁《あく》の強い男を柳《やなぎ》に風と受け流し、ときには逆襲して相手をたじたじとさせるのは、江戸の下町育ちだからであろうか。

伊織が、お繁を妻に娶《めと》ってよかったと実感する瞬間だった。

最後の患者が帰るのを見送ったあと、伊織が声をかけた。

「親分、お待たせしました」

「今日ばっかりは、先生の手がすくまで居座るつもりでした。おかげで、ご新造さんに、わっしの手持ちの艶笑譚《えんしょうたん》をすべて披露し、使いきりやしたぜ」

辰治が笑いながら、伊織の前に座る。

伊織は、辰治の来訪の目的は想像がついた。連続ひっぱり殺しで召し捕られた伝兵衛の、その後の処遇について知らせにきたに違いない。

定町廻り同心の鈴木順之助が急ぎ奉行所に戻り、上司と緊急協議をしてどのような結論に至ったのか、伊織としても気になっていた。

「先日、先生には下谷坂本町の自身番まで、ご足労願いました。先生が知っているのは、伝兵衛は自分が連続殺人の下手人であるのを認め、徳永勘十郎というお武家に頼まれたと白状したところまででしたな」

「はい、さようです。伝兵衛の扱いについて、鈴木さまがお奉行所に戻り、協議されたはずですな」

「へい、それで、伝兵衛は獄門と決まりやしたよ」

辰治がさらりと言った。

伊織は驚きのあまり、声を失った。

伝兵衛が処刑されるなど、まったく予想外だった。北町奉行の榊原主計頭忠之は蛮勇と言おうか。

それとも、自分が知る由《よし》もない幕閣の力関係により、別な思惑が働いているのだろうか。

辰治はニヤニヤしている。伊織が驚愕しているのをながめ、楽しんでいるようだ。

「お奉行所に取って返し、鈴木の旦那は上司の与力に相談する。与力が青くなって、お奉行に相談する。さあ、大変なことになった。主だった者が招集され、どう対処すべきか、侃々諤々《けんけんがくがく》の評議となった――まあ、これはあくまで、わっしの想像ですがね。しかし、大筋では間違っていないでしょうな。

『講釈師、見てきたような嘘をつき』

とありますな。わっしも見てきたようにしゃべりますが、嘘はついていませんぜ」

「はい、そのつもりで拝聴しますぞ」

「まず、水野美濃守忠篤さまのお屋敷に密使を派遣し、家臣の徳永勘十郎さまが連続殺人に関与している疑いがあることを告げる案が出たようですな。

当然、水野さまのほうからは、善処してほしいという要請が来るはず。それに応じて、北町奉行所は事件を表沙汰にしない。かくして、北町奉行の榊原さまは水野さまに恩を売るわけです」

「それだと、伝兵衛は無罪放免となり、三人が殺された件はうやむやになるわけですね」

「へい。しかし、そうはなりませんでした。お奉行の榊原さまが、

『ここは正々堂々、正面攻撃でいこう』

と言い放ちましてね。

伝兵衛の自供内容を書面にして添え、水野さまあてに、家臣の徳永勘十郎さまを北町奉行所に引き渡すよう、正式な要請状を送ったのです」

「ほほう、考えてみれば当然のことですが。しかし、当然のことが実行されない世の中で、榊原さまは当然のことを実行したのですな」

「すると、水野家から正式な回答がお奉行所に届きましてね。回答は、

当家に、徳永勘十郎という家臣はいない。なにかの間違いであろう。

だから、伝兵衛なる者が述べている十両の金の受け取り証文も、存在しない。

という、木で鼻を括《くく》ったような内容でした。まあ、予想どおりですがね。その結果、お奉行所は徳永さまには指一本触れることはできなくなったわけです」

辰治が涼しげに言う。

無念の様子がないのは、やや不思議だった。

「徳永さまに手を出せないという意味では、結果は同じかもしれませんが、最初から隠蔽案を提示するのと、正式に引き渡し要請をするのとでは、やはり違うと思いますぞ」

伊織が言った。

結果は同じだったとしても、筋を通した奉行の榊原は評価すべきと思った。

「まあ、そうですな。少なくとも水野家は肝《きも》がかかわるだけに、肝を冷やしたでしょうな。

そして、伝兵衛の野郎ですよ。水野家の回答を伝えたところ、がっくりと肩を落としていました。まさに、あてが外れたのでしょうね。そのまま小伝馬町の牢屋敷に送られました」

「なるほど、水野家を牽制することで、少なくとも伝兵衛どのの犯行は隠蔽されなかったわけですか」

伊織は榊原の意図が理解できた。

正式な文書を送ることで、水野家の干渉を阻止したのだ。まさに、榊原の深謀遠慮と言えよう。

また、辰治がさほど無念がっていないのも理解できた。要するに、伝兵衛は無罪放免にはならなかったのだ。

「伝兵衛は三人の女を殺し、腹を裂いて胆嚢を取りだしていた罪状で処刑されます。おそらく二、三日のうちに獄門に処せられ、首は小塚原か鈴ヶ森にさらされるでしょうな。

わっしは、獄門台にのった伝兵衛の首の見物に行ってくるつもりです。その様子は後日、先生にもくわしくお伝えしますよ」

「しかし、伝兵衛どのが処刑されるのは当然として、徳永さまになんのお咎めもないのは、やはり釈然としませんね」

「まあ、徳永さまは、伝兵衛に支払った十両は取り戻せませんがね」

そこまで言うと、辰治が意味ありげな笑いを浮かべる。

伊織はまだ先があるのだろうかと、訝《いぶか》しい気分だった。

辰治が笑いをこらえながら言う。

「鈴木の旦那が突飛《とっぴ》なことを思いつきましてね。水野家に打撃を与えるような噂を流そうというのです。この案を、お奉行の榊原さまも了承されたというのですから、愉快じゃありやせんか。

そこで、鈴木の旦那の発案が動きだしたわけですよ。このような噂話をこしらえましてね――。

下谷坂本町の薬屋の、伝兵衛という番頭が夜な夜な江戸の町を徘徊し、女に声をかけていた。ふたりきりになったところで絞め殺し、腹を裂いてきもを取りだし、男用の精力剤を作ろうとしていた。伝兵衛に依頼したのは、外桜田に屋敷のある旗本の家来で、徳永勘十郎。徳永は伝兵衛に十両の前金を渡していた――。

この噂話を紙に書いたものを、髪結床《かみゆいどこ》に持ちこんだのです。たまたま、わっしの子分に髪結床の下職がいますのでね。

その男に頼んで、髪結床の主人に、

『親方、こんなものが店先に落ちていましたぜ』

と、言わせたのです。

髪結床にたむろしていた連中が好奇心をむきだしにし、

『おう、なんだ、なんだ』

と、さっそく読みます。字がろくに読めない連中は、読み聞かせてもらうわけですがね。

たちまち評判になり、いつしか書き写され、江戸の町に広がっていく、という仕掛けです」

話を聞きながら、伊織は胸の鼓動が早くなっていた。

呼吸をととのえ、言った。

「親分、私はその噂が記されたものを読みましたぞ」

「ほう、どこで目にしたのですか」

「湯島天神の参道にある、知りあいの商家で見せられました」

「すると、すでに湯島天神の一帯に伝わったことになりますな」

辰治は満足そうである。

伊織は疑念が起きた。

「私が読んだのは、軽妙洒脱な文章でした。失礼ながら、鈴木さまにはあのような文章が書けるとは思えませぬが」

「先生、鋭いですな。もちろん、鈴木の旦那には書けません。

じつは旦那は、春更さんに頼んだのですよ。いきさつをすべて伝え、ここまでは書いてよい、これは書いてはならないと指示しましてね」

「なんだ、そうだったのですか」

伊織は拍子抜けしたように言った。

これで疑問が氷解する。

内容がぎりぎりで踏みとどまり、しかも背後にある巨大なものを暗示していたことに納得した。巧妙な工夫《くふう》は、鈴木の知恵だったのだ。

（そうか、筆を執ったのは春更だったのか、これでわかった）

思わず笑いが漏れる。

しかし、急に心配になってきた。一歩間違うと、流言蜚語《りゅうげんひご》を流布《るふ》させたとして、召し捕られるのではあるまいか。春更の行為はあまりに軽率な気がしてきた。

「しかし、そういった文書は、お奉行所の取り締まりの対象になるのではありますまいか」

「刷り物だったら、お奉行所は作者と版元を召し捕ります。ところが、書き写されて広まっているのですから、噂話と同じです。いわゆる、『人の口に戸は立てられぬ』で、世間の噂話は取り締まることはできませんからな。お奉行所も打つ手なしというわけです」

「なるほど」

伊織は奉行の榊原と同心の鈴木の謀計に、あらためて感服する思いだった。

榊原と鈴木は、手をこまねいているしかない水野に、せめてものしっぺ返しをしたことになろうか。

「この噂は、いずれ水野さまのお屋敷に伝わるでしょうな」

「鈴木の旦那の狙いは、まさにそこでしてね。伝兵衛に依頼していた徳永勘十郎さまは今後、お屋敷から外に出ることは禁止されるでしょうな。もしかしたら、最悪の場合、自害を迫られるかもしれませんぜ」

「なるほど、相応の処罰を受けるわけですな」

伊織は、連続猟奇ひっぱり殺人事件はこれで決着したのだと思った。

帰り支度をしていた辰治が、思いだしたようだ。

「そうそう、言うのを忘れていやした。

手相を鑑定した占い師の石川仙道と、伝兵衛の居場所を突き止めたお咲に、お奉行所から褒美が出ることになりやしたよ。鈴木の旦那が尽力してくれたのですがね。とくに、お咲には金二分が渡されます。

これで、わっしの顔も立ちましたよ」

「ほう、それはよかったですな」

「春更さんにも金一封が出るはずですが、鈴木の旦那は、

『どういう名目にするかな』

と、悩んでいましたがね。

まさか、稿料というわけにはいきませんからね。しかし、あの旦那のことですから、きっとうまいこと、こじつけるでしょうよ」

辰治は笑いながら、帰っていった。

四

須田町のモヘ長屋の一室である。沢村伊織の診療が終わったあと、二回目の検疑会が開催された。

山崎庄兵衛は伊織と春更に向かって言った。

「五年前、連雀町の太田屋の焼け跡から見つかった首なしの黒焦げ死体、そしてこのほど医師・佐々木久庵の家の縁下から見つかった頭蓋骨は、太田屋に住み込みの職人、村吉の身体と首とわかりました。村吉は火事の日以来、行方が知れず、太田屋を出奔したと思われておりました。

そして、与一と与次郎の母であるお竹が、自分が村吉を殺したことを認めました」

「えっ」

伊織と春更は同時に驚きの声を発した。

まったく予想していなかった下手人である。

伊織は、ついに真の下手人を暴いた山崎の手腕に驚くと同時に、一抹《いちまつ》の疑念がないでもなかった。なまじ、定町廻り同心の経験と自信があるだけに、とんでもない落とし穴に落ちたのではあるまいか。だが、もちろん面と向かって疑念を述べるわけにはいかない。

山崎はふたりの驚きに満足そうにうなずくと、

「拙者にしてみても、まったく予想していなかった展開でしてね。ときどき、頭が混乱してきそうでしたぞ」

と前置きするや、やおら判明した全貌を語りはじめた。

伊織と春更は「ほほう」とか「なんと」と驚きの言葉を発するほか、黙って話に聞き入る。

途中、行商人が何度も、売り声を張りあげながら路地を通り抜けたが、伊織と春更の耳にはまったく入ってこなかった。

台所にいる下女のお松は、山崎の話などまったく興味がないのか、長屋の同年齢の女の子を呼び入れ、菓子を食べながらおしゃべりに興じている。菓子は、山崎が持参したものだった。

お松にしてみれば、山崎の話は長ければ長いほど嬉しいであろう。というのも、本来の奉公先である加賀屋に戻ったとき、

「今日は先生を訪ねてきた人があり、それで、帰りが遅くなりました」

と説明すれば、番頭は慰労の意味で、駄賃をくれることがあったのだ。

「――というわけで、お竹が村吉殺しを認めたのです」

ようやく、山崎の話が終わった。

「よく、そこまで調べあげましたな。すべてがつながった気がしますぞ」

伊織が感心した。

さっそく春更が質問する。

「ご隠居、お竹はお奉行所に出頭すれば、どうなるのでしょうか」

「そこじゃよ。拙者は武家社会を参考にした。

つまり、大名や直参にかかわらず武家屋敷では、家来が不正行為をしたり、奉公人の中間や女中・下女が不始末をしでかしたりした場合、主人が手討ちにすることがある。いわば主人による成敗《せいばい》であり、罪には問われない。

商家もこれに準ずるのではないかと、拙者は解釈したのじゃ。

太田屋は主人の清兵衛が亡きあと、後家のお竹がいわば女主人だった。

奉公人の村吉は弟の与次郎のあと押しすることで、太田屋の家督相続を逆転させようとした。いわば、お家騒動をたくらんだ張本人と言えよう。しかも、火事の混乱に乗じて金を盗んで逃亡を図ろうとした極悪人じゃ。

お竹は村吉を成敗したと言ってよかろう。罪にはならない。

すでに、村吉の遺体も頭蓋骨も埋葬されておる。もう、終わったことと言ってよかろう」

「なるほど、ご隠居、大岡裁きと言えますぞ」

春更が称賛した。

伊織が問う。

「三人の反応はどうだったのですか」

「拙者が、武家屋敷では主人が不届きな家来や奉公人を成敗しても罪にはならぬことを説明し、

『お竹は、不届き者の村吉を成敗したと言える。罪になるどころか、烈女として褒めたたえるべきであろう。奉行所に名乗り出る必要はない』

と言い渡したのです。

お竹は終始無言で、深々と頭をさげただけでした。

そばで、与一と与次郎はむせび泣いておりましたな」

「太田屋の現状と今後は、どうなのでしょうか」

伊織がさらに質問した。

山崎がうなずく。

「そこは拙者も気になったところでした。与一は去年、嫁を迎えたそうでしてね。いっぽう、与次郎は来年、太田屋を出て別に店をかまえ、嫁を迎えるそうです。

いわば、与一が本家、与次郎が分家ということになりましょうな。母親のお竹は、本家で暮らすわけです。

考えてみると、紆余曲折はありましたが、最終的にお奉行の榊原さまの裁定どおりになったと言えるのではないでしょうか」

「なるほど、本家と分家に分かれ、母親は本家で暮らすというのは、お奉行の裁定のとおりですね」

伊織はややためらったあと、また口を開いた。

「お竹が村吉を殺したということですが、本人が申告しているだけですな」

「そこなのですよ。先生も、そう感じましたか」

山崎が大きくうなずいた。

そばで、春更はぽかんとした顔をしている。

「お竹が村吉を殺したと告白したので、お竹が殺したことになったにすぎません。

拙者はあとで考えていて、ハッとこのことに気づいたのです」

「お竹は与一を、あるいは与次郎をかばっていたのかもしれませんね。すると、主人が不埒《ふらち》な奉公人を成敗しても罪にはならないことを、お竹は知っていたのでしょうか」

「まさに、そこなのです。

拙者は最初、お竹をたかが下女あがりと、見くびっていました。

しかし、連雀町で太田屋の内情について聞き込みをしたときに知ったのですがね。お竹は清兵衛の後妻になってから、自分の無学を恥じ、師匠を家に呼んで手習いに励《はげ》み、読み書きができるようになっていたのです。また、個人教授を頼んで算盤《そろばん》も達者になっていたとか。

お竹はたいした女ですぞ」

「たしかに、たいした女ですな」

「そうだ、商家の主人が死に、跡継ぎをめぐってお家騒動が起きる。ふたりの倅が争い、決着がつかない。ところが、それまで目立たなかった後家が最後に立ちあがり、奸物の番頭を成敗して、お家の危機を救うという筋立てはおもしろいかもしれませんね」

春更は自分の思いつきに、ひとりで盛りあがっている。

伊織が山崎に言った。

「村吉は太田屋にとって、不忠者だったに違いないでしょう。しかし、殺されたうえに、行方不明にされてしまいました。村吉の親兄弟からしたら、なんともつらいでしょうな。倅は奉公先から逃げだしたわけですから」

「たしかに、同情すべき点はありますな。では、先生はどうすればよいと思いますか」

「村吉の実家はわかりますか」

「太田屋に問いあわせれば、わかるでしょう」

「では、太田屋から人が村吉の実家に出向き、

『五年前に出奔したと思われていた村吉は、その後のお奉行所のお調べで、火事のときに太田屋で焼死していたことがわかりました』

と述べて、相応の見舞金を渡してはどうでしょうか。

もちろん、太田屋本家の与一どのが行くべきでしょうな」

「う〜ん、なるほど、それでけじめはつきますな。太田屋としても、一種の後ろめたさがあるでしょうから、それで気持ちの整理ができるかもしれませんな」

山崎は、近いうちに太田屋を訪ねる意向を表明した。

五

「沢村伊織先生は、こちらですかな」

そう言いながら土間に立った男の異様な風貌に、さすがのお繁もやや戸惑《とまど》っていた。

「はい、さようですが。診察でしょうか、往診でしょうか」

「おや、石川仙道さん」

伊織がすぐに気づき、声をかけた。

ちょうど、患者はいなかった。

仙道がほっとした表情になる。

「ちと、よろしいですかな。診察を受けるわけではないのですが」

「かまいませんぞ、おあがりください」

あがってきた仙道に、さっそくお熊が茶と煙草盆を出す。

伊織が言った。

「よく、ここがわかりましたな」

「湯島天神門前とお聞きしていたので、参道にある店で尋ねたのです。すると、すぐにわかりました。先生がこのあたりで有名なのに驚きましたぞ」

「どこで、お尋ねになったのですか」

「仕出料理屋のようでしたな。仕出料理屋では、奉公人はあちこちに出前をするので、くわしいであろうと思ったのですがね」

「その仕出料理屋の屋号は、立花屋ではなかったですか」

「そういえば、そんな屋号だったかもしれません」

「立花屋は家内の実家でしてね」

「ああ、そうでしたか。よく知っているはずですな」

仙道が笑いだした。

台所でお繁とお熊も、くすくす笑っているようだ。

ひとしきり笑ったあと、仙道が真面目な顔になった。

「先日の手形の件のあと、わたしはちょいと困っておりましてね」

「ほう、どうしたのです」

「辰治親分としては、わたしの商売のあと押しをしてくれるつもりだったのでしょうが、

『石川仙道という占い師は手相を観て極悪人を見抜き、お奉行所から褒美をもらった』

と、どこかでしゃべったらしいのです。

それを聞き伝えて、ある商家の主人がやってきましてね。十人ほどの墨の手形を持参して、

『あたくしどもの奉公人の手形です。このなかに、店の金を盗んでいる者がいるはずです。それを判定してくだされ』

というわけです。

わたしは途方に暮れるどころか、恐ろしくなりましたぞ」

「なるほど、手相が当たるとか当たらないとか以前のことですな。手相によるそんな判断は、冤罪につながるどころか、有為な人間の将来を閉ざしてしまいかねませんからね」

「まさに、そうなのです。自分で言うのもなんですが、占いというのは怪しげな、いいかげんな稼業です。しかし、いろいろともっともらしいことを言ったあと、最後に、

『頑張れば、そのうち、いいことがありますよ』

と勇気づけ、励ましてやるのが役目なのです。少なくとも、わたしはそう理解して、商売をしております」

伊織は聞きながら、仙道を実直で誠実な人間だと思った。

辰治は善意から宣伝してやったのであろうが、仙道には有難迷惑《ありがためいわく》だったのだ。

おかしくもあり、気の毒でもある。

「で、その主人にはどう、答えたのですか」

「わたしは『易経《えききよう》』の文句を引用して煙《けむ》に巻き、この手形を見るかぎり、悪人はいないと納得させたのですがね。主人はいちおう見料は払ってくれましたが、不満そうな顔で帰っていきました。やはり、この男が怪しいと、断定してほしかったのでしょうな」

「なるほど。しかし、お手前は人間の知恵にもとづく対処をしたのではないでしょうか」

「そう言っていただけると、わたしも気が楽になりますが。

ところで、つかぬことをうかがいますが、先生は蘭学がおできになるのですか」

「はい、稽古はしました」

「すると、阿蘭陀《おらんだ》文字の読み書きもおできになるのですか」

「はい、それなりにできますが」

伊織は問いに答えながら、仙道の来訪の意図がはかりかねた。

仙道はうなずき、さらに言った。

「阿蘭陀には、占いのようなものはありますか」

「さあ、そのあたりは、私も疎《うと》いので、たしかなことは言えないのですが。西洋では星占いが盛んだと聞いたことはあります。夜空の星の配列などで、人の運勢を占うようです。

俗に西洋歌留多といっていますが、トランプと呼ばれる札があり、このトランプで吉凶を占うこともあるようです。

ただし、星占いもトランプ占いも、そういう占いがあるというのを知っているだけで、実際にどうやるのかは、私も知りません」

「ふ～む、そうですか。阿蘭陀語で書かれた占いの本はありますか」

「きっと、あると思いますぞ。しかし、私は目にしたことはありません。どうして、そのようなことに興味がおありなのですか」

「わたしは先日、先生と妙なことがきっかけで知りあい、その後、いろいろ考えていて、『蘭方占い』という看板をかかげることを思いつきましてね」

伊織は吹きだしそうになるのをこらえた。

だが、仙道は大真面目である。

「阿蘭陀文字で書かれた看板をかかげ、阿蘭陀語の占いの書物を机の上に置けば、評判になると思うのですよ。もう、『易経』は古いですからな。まあ、蘭方占いというのは、はったりですけどね」

仙道は正直である。

伊織も不快どころか、むしろ愉快な気分だった。

「なるほど、たしかに目新しさはあるかもしれません。

しかし、私は長崎に遊学していたことがあるので、阿蘭陀語の本の値段はある程度は知っています。占いの本を長崎の本屋を通して買おうとすれば、目の玉が飛び出るほど高いですぞ。おそらく、二十両とか三十両とかするのではないでしょうか」

「はあ、そうですか」

仙道は肩を落とした。

伊織は、相手を落胆させたまま帰すのは忍びない気がしてきた。そこで、せめて元気づけるために言った。

「看板に阿蘭陀文字を書くぐらいだったら、私もお手伝いできると思いますぞ」

「そうですか、では、そのときはお願いしますぞ」

仙道はやや元気を取り戻したようだ。

夫と仙道の話が一段落したのを見定め、お繁がそばに座るや、

「手相を観てくださいな」

と、右手を差しだす。

仙道は一瞬、驚いた様子だった。

悪戯《いたずら》っぽい笑みを浮かべ、伊織に言う。

「お内儀の魔性があきらかになるかもしれませんが、よろしいですかな」

「それならそれで、早めに覚悟していたほうがよいでしょう」

伊織は苦笑しながら言った。

「では、観ましょうかな」

仙道はお繁の右の手のひら、次に左の手のひらを子細に観察する。観察が終わるや、おごそかな口調で語りだした。

「この手相の持ち主は、万事に秀《ひい》でておりますな。人との交わりも行き届き、目上の方に引き立てられるでしょう。心根が正直で、親孝行の気持ちも篤《あつ》いものが

あります。学者であれば業績をあげ、名を知られるでしょう。いわば、大吉の瑞相ですぞ。商売には大運と言えましょうな」

「あら、まあ」

お繁はあまりに褒められて恥ずかしくなったのか、頬を赤らめている。

いいかげんなことを並べていると思いつつも、それでも悪い気はしないのであろう。仙道の言う、占いは人を勇気づけ、励ますのが役目というのは、まさにそのとおりのようだ。

いつしか、お熊までそばに座り、自分の番を待っている。

伊織は困ったなと思った。

(仙道は占いが商売だからな。手相を観てもらって、無料というわけにはいかないであろう)

かといって、見料を渡すのは失礼だし、仙道も受け取りを固辞するであろう。

では、どうしようか。

伊織はハッと思いついた。

(そうだ、謝礼として、立花屋の仕出料理を贈ろう)

ふたり分の見料より高いものにつくが、妻と下女を気分よくさせてくれた謝礼と考えればよかろう。

仙道が帰るとき、伊織はさりげなく住まいと家族構成を尋ねるつもりだった。

伊織が見ると、お熊の手相について、仙道が重々しい口調で託宣《たくせん》を述べている。

嬉しそうな顔をしているので、お熊の運勢も大吉のようだ。

*

仙道が帰っていくのとほとんど入れ違いに、満面に笑みをたたえた春更が現れた。

伊織の顔を見るなり、言った。

「浅草阿部川町の越後屋に顔を出し、その帰りでしてね」

越後屋は本屋だが、出版社も兼ねている。春更は戯作の、あるいは筆耕の仕事で出向いたのであろう。

分厚い風呂敷包みをさげているところを見ると、筆耕を引き受けたのかもしれない。

「ほう、越後屋か。私はすっかり無沙汰をしている。主人の太郎《たろう》右衛《え》門《もん》さんはじめ、みなに変わりはないか」

伊織は下谷七軒町に住んでいたころ、太郎右衛門が刀で斬られ、越後屋に往診して手当をしたことがあった。それをきっかけに、伊織は越後屋とは少なからぬ縁があったのだ。

「はい、みな、変わりはありませんが、倅の助太郎《すけたろう》さんの若旦那ぶりが板についてきました」

「ほほう、それは喜ばしい」

伊織は目を細めた。

助太郎は父親の太郎右衛門の意向もあり、一時、伊織に蘭学を学んでいたのだ。弟子として検屍に出向く伊織の供をし、危険な目に遭ったこともあった。

いまは、なつかしい思い出である。

「今日は筆耕の仕事で出かけてきたのですが、助太郎さんと話をしていて、『奇妙な状況のもと、人が無残に殺された。死体を検屍した蘭方医が謎を解き、下手人を突き止める。読者が読みながら、手に汗を握るような戯作』

という、斬新な案が生まれましてね。

ふたりで、おおいに盛りあがりました。助太郎さんは、先生の供をして検屍に行った経験が忘れられないようです。

わたしも、先生の供をして検屍に行った経験をおおいに生かすつもりですがね。どうでしょうか、奇々怪々な事件を、蘭方医が快刀乱麻《かいとうらんま》で解決するという筋立ては。受けると思うのですがね」

「ふうむ、しかし、実際の見聞をそのまま書いては、あとで差障りが出るかもしれぬぞ」

伊織が危惧した。

春更と助太郎が意気投合し、新しい戯作に取り組むのは喜ばしい。しかし、浮かれすぎるのは禁物だった。

「はい、そのへんは、心得ております。蘭方医の名前は、沢井伊三郎《さわいいさぶろう》にしようと決めているのです」

「おい、私の名前のもじりではないのか」

「これは冗談です」

ふたりで笑いだす。

そばで、お繁も手で口元をおさえていた。

急に春更が真面目な顔になった。

「そうそう、肝心な話があとまわしになっていました。じつは、このことを伝えにきたのでした」

「ほう、どうかしたのか」

「じつは、越後屋に行ったとき、筋向いが太田屋なのに気づいたのです」

「例の、提灯屋の太田屋か」

「はい、さようです。考えてみれば、火事のあと、太田屋は浅草阿部川町に移転したのでしたよね」

「そういえば、そうだったな。ほう、越後屋の近所だったのか。で、様子は見てきたのか」

「はい、外からながめたかぎり、商売繁盛のようでした。その後、助太郎さんや越後屋の奉公人に、太田屋のことをそれとなく尋ねてみたのです。

とくに悪い噂もなく、太田屋の商売は順調なようでした。長男の与一どのに子どもができたようです。母親のお竹どのにとっては初孫ですね。

それに、最近、与一どのが田舎から見どころがある男の子を連れてきて、弟子にしたそうですが、『火事で死んだ奉公人の甥っ子』と言っていたとか。『火事で死んだ奉公人』は、村吉どののことでしょうね」

「ということは、与一どのは村吉どのの実家に行ったのだな。そのとき、甥っ子を引き受けたのであろう」

伊織は、与一にしてみれば一種の罪滅ぼしの気持ちがあったのかもしれないと思った。

その甥っ子が、提灯や傘の職人として一人前になるのを祈りたい気分である。

「ともあれ、太田屋がうまくいっているのを知ると、安心するな。山崎庄兵衛さまの措置は正しかったと言えよう」

「そうですね。それにしても、先生、また検疑会を開きたいですね」

「といっても、山崎さまも、ほかに材料はあるまい」

「思いだしてもらいましょうよ。そもそも、町奉行所の役人は、さほど精密な検使はしていませんからね。いわば杜撰《ずさん》な捜査しかしていないため、未解決のままの事件がたくさんあるはずです。それらを、検疑会で検証し、謎を解いていくわけです」

春更は意欲満々だった。

伊織はただ、

「そうだな」

と言うにとどめたが、内心では、やはり検疑会には並々ならぬ興味がある。できれば、新しい謎に挑んでみたかった。

春更が帰り支度をしながら、

「山崎さま以外にも元与力や元同心に声をかけ、誘ってもいいかもしれません」

と、自分の思いつきを述べた。

伊織は笑って見送りながら、意外と近いうち、次の検疑会が開催されるかもしれないという気がしていた。

コスミック・時代文庫

秘剣《ひけん》の名医《めいい》
【十六】
蘭方検死医 沢村伊織

2024年3月25日　初版発行

【著 者】
永井《ながい》義男《よしお》

【発行者】
佐藤広野

【発 行】
株式会社コスミック出版
〒154-0002 東京都世田谷区下馬 6-15-4
代表　TEL.03(5432)7081
営業　TEL.03(5432)7084
FAX.03(5432)7088
編集　TEL.03(5432)7086
FAX.03(5432)7090

【ホームページ】
https://www.cosmicpub.com/

【振替口座】
00110-8-611382

【印刷／製本】
中央精版印刷株式会社

乱丁・落丁本は、小社へ直接お送り下さい。郵送料小社負担にて
お取り替え致します。定価はカバーに表示してあります。

ISBN978-4-7747-6543-3 C0193